# ミス・ペレグリンと奇妙なこどもたち

上

ランサム・リグズ

金原瑞人　大谷真弓　訳



潮文庫

MISS PEREGRINE'S HOME FOR PECULIAR CHILDREN


First published in English by Quirk Books, Philadelphia, Pennsylvania.

Japanese translation rights arranged with
Quirk Production, Inc. doing business as Quirk Books
through Japan UNI Agency, Inc., Tokyo

# ミス・ペレグリンと奇妙なこどもたち　上

眠っているのでもなく、死んでいるのでもなく、
生きながら死んでいるようなもの。
生まれた家も、
青春時代の友も、
老人も若い娘も、
日々の労働とその報酬も、
すべて消え、
夢物語となり、
留めておくことはできない。

ラルフ・ウォルド・エマーソン

# プロローグ

自分は平凡な人生を送るのだろう。そう思いかけていたところへ、とんでもない出来事が次々に起こり始めた。最初の衝撃はすごかった。人を永久に変えてしまう物事は何でもそうだが、ぼくの人生をまっぷたつにして、経験する前の人生と、その後の人生に切り分けてしまった。とんでもない出来事が起こるときはたいていそうだが、今回もぼくの祖父エイブラハム・ポートマンが関わっていた。

子どもの頃は、ぼくの知っている人たちのなかで、エイブじいさんがいちばん魅力的だった。祖父は孤児院にいたことがあり、戦争で戦ったこともある。蒸気船で大海を渡ったり、馬で砂漠を横断したり、サーカスに出演したりした経験もあり、銃と護身術と自然のなかで生き抜く術については何でも知っている。英語以外に、少なくとも三つの言語を話せる。そのどれをとっても、フロリダから出たことのない子どもには、とてつもなく魅惑《みわく》的で、ぼくは祖父に会うたびに面白い話を聞かせてとせがんだ。祖父はいつも期待にこたえ、ぼくにしか打ち明けられない秘密のように、いろんな話をしてくれた。

ぼくは六歳のとき、エイブじいさんの人生の半分でも刺激的な人生を送りたければ、探検家になるしかないと決心した。じいさんは応援してくれた。ぼくと一緒にすごす午後は、隣で世界地図に身を乗り出しては、架空の探検計画を練り、探検ルートに赤い画鋲《がびょう》を刺したり、ぼくがいつか発見する素晴らしい場所のことを話したりしてくれた。ぼくは家で厚紙の筒《つつ》を目に当てて「陸だ！」、「上陸準備！」と叫びながら歩き回り、最後には親から外に追い出されるというかたちで、そんな野望を周囲に知らしめた。じいさんの影響でぼくが回復不能の空想癖《へき》になるんじゃないかと、両親は心配していたと思う。じいさんから聞かされる夢物語のせいで、ぼくがもっと現実的な目標に目を向けられなくなるかもしれないと思ったのだろう。ある日、母さんはぼくをすわらせて言い聞かせた。探検家なんかなれないわよ、世界じゅうどこへ行っても、とっくに探検しつくされているんだもの、あなたは生まれてくる時代を間違えたのよ。

ぼくはだまされた気がした。

じいさんの最高の話がとうていありえないとわかったとき、ぼくはさらにだまされた気分になった。なかでも突拍子のない話は、決まって祖父の子ども時代にまつわるものだった。例えば、ポーランドで生まれ、十二歳のとき船でウェールズの孤児院に送られたときの話とか。ぼくがどうして親元を離れなくてはならなかったのかたずねると、いつも同じ答えが返ってきた――怪物《かいぶつ》たちに追われていたからだ、ポーランドは怪物の巣窟《そうくつ》だった、というのだ。

「どんな怪物？」ぼくは目を見開いてたずねる。そうするのが決まりのようになっていた。「背中はひどく曲がり、皮膚《ひふ》は腐りかけていて、どす黒い目をした恐ろしいやつらだ。しかも、こんなふうに歩くんだぞ！」エイブじいさんは、古い映画に出てくる怪物のようによろよろと歩き、ぼくが笑って逃げ出すまで追いかけてきたものだ。

怪物の話をするたびに、祖父はぞっとする説明を追加した。腐った生ゴミみたいなにおいがするとか、姿は見えず影だけが見えるとか、口のなかにはうごめく触手が生えていて、触手はひゅっと飛び出して獲物《えもの》を捕らえ、何でも噛《か》み砕く口に引きずりこむとか。ぼくはとたんに眠れなくなった。暴走ぎみの想像力のせいで、ぬれた路面でスリップするタイヤの音が、窓のすぐ外で何かが苦しい呼吸をしているように聞こえたり、ドアの下から伸びる影が、うごめく灰黒色の触手に見えたりする。怪物は怖かったが、祖父が怪物たちとの戦いから生きて帰って話を聞かせてくれているんだと思うと、わくわくした。

それよりもっとすごい話が、ウェールズにある島の孤児院での生活だった。祖父によると、そこは魔法の場所で、子どもたちを怪物から守るようにできていて、その島では毎日が晴天でだれも病気になったり死んだりしない。全員が大きな家で一緒に暮らし、そこを守っているのは一羽の賢い鳥――と話は進んだ。だが、大きくなるにつれて、ぼくは疑いを持つようになった。

「それって、どんな鳥?」七歳のある日の午後、ぼくはカードテーブルの向こうにすわる祖父に疑いの目を向けた。祖父はモノポリーでぼくに勝たせてくれようとしていた。

「パイプをくわえたでっかいタカだよ」

「じいちゃんは、ぼくのこと、大バカだと思ってるんだ」

祖父は減っていくいっぽうのモノポリーのお金の束の端を親指ではじいている。

「おまえのことをそんなふうに思うわけがないだろう、ヤコブ」ぼくは祖父を傷つけてしまったことに気づいた。普段は隠しているが、決して消えない祖父のポーランド語訛《なま》りが飛び出したからだ。そのせいでwould《ウッド》がvood《ヴッド》に、think《スインク》がsink《シンク》に聞こえてしまう。ぼくは後ろめたくなって、祖父に有利に解釈してあげることにした。

「だけど、どうして怪物はじいちゃんを襲《おそ》おうとしたの？」

「わしがほかの人間とは違うからだ。わしらは変わっていたからな」

「どんなふうに？」

「そりゃ、いろいろさ」祖父は言った。「空を飛べる女の子や、体のなかにミツバチの群れを飼っている男の子、大きな岩を頭の上まで持ち上げられる兄妹もいた」

本気で言っているのか、ぼくにはよくわからなかった。だが、祖父は冗談を言うようなタイプじゃない。ぼくの疑わしげな表情に気づいて、祖父は顔をしかめた。

「わかった、わしの話を信じろとは言わん。だが、写真がある！」祖父は庭用の椅子《いす》を後ろに引くと、ベランダにぼくをひとり残して、家のなかへ入っていった。少しして戻ってきた祖父は、古い葉巻の箱を抱えていた。ぼくは身を乗り出し、祖父の取り出した黄ばんでしわの寄った四枚の写真を見た。

一枚目には、ひとそろいの衣服がぼんやりと写っているが、その衣服を着ているはずの人間が写っていない。頭がないので、人なのか何なのかわからない。

「もちろん、頭はある！」じいさんはにやにやしている。「ただ、見えないだけさ」

「どうして見えないの？　透明人間？」

「おお、よくわかったな！」祖父は、ぼくの推理力に驚いたかのような顔をした。「ミラード、それが彼の名前だ。面白いやつでな、ときどきこんなことを言うんだ。『よう、エイブ、おまえが今日何をしてたか知ってるぞ』そして、どこにいたか、何を食べたか言い当てて、だれにも見られていないと思って鼻をほじっただろう、とか言ってみせるのさ。ときどき、ネズミみたいに音を立てずに人の後をつける。姿が見えないように服を着ないで――ただじっと見ているんだ！」じいさんはやれやれと首をふる。「何もかもだぞ」

祖父はべつの写真を、ぼくのほうへ滑《すべ》らせた。ぼくがちらっと写真を見たとたん、祖父はたずねた。「どうだ？　何が見える？」

「女の子？」

「それから？」

「冠《かんむり》をかぶってる」

じいさんは写真の下のほうをトントン叩いた。「女の子の足は？」

ぼくは写真を近くで見てみた。少女の足は地面についていない。といっても、跳び上がっているわけではない——空中に浮かんでいるように見える。ぼくはあんぐりと口を開けた。

「飛んでる！」

「惜《お》しい。空中浮揚《ふよう》だ。ただし自分ではあまりうまくコントロールできなくてな、ふわふわ飛んでいってしまわないように、ときどきロープでつないでおかなくてはならなかった！」

ぼくの目は、女の子の人形のような不安げな顔に釘づけになった。「これって本物？」

「もちろんだとも」祖父はぶっきらぼうに言うと、その写真を取って、べつの写真を置いた。今度は大きな石を持ち上げている、やせた少年の写真だ。

「力持ちには見えないよ」ぼくは少年の細い腕に目をこらした。

「それが力持ちなんだ、嘘《うそ》じゃない。一度、腕相撲をしたんだが、もう少しで手をも

ぎ取られるところだった！」

　だが、いちばん奇妙だったのは最後の一枚だった。人の頭を後ろから撮ったもので、そこには顔が描かれている。

　最後の写真を見つめているぼくに、祖父は説明した。「ほら、そいつには口がふたつあるんだ。ひとつは前に、もうひとつは後ろに。だから、すごくでかくて太ってたんだ！」

「だけど、本物じゃないよ。顔の絵が描いてあるだけだもん」

「確かに、その絵は偽物《にせもの》だ。サーカスに出演するために描いたんだからな。だが、いいか、口がふたつあるのは本当だ。信じられんか？」ぼくは考えてみた。三枚の写真を見て、それから祖父を見ると、その表情は真剣で正直そうだった。だいたい、嘘をつかなきゃならない理由なんかない。

「信じるよ、じいちゃん」

　それも本気で信じていた――少なくとも二、三年は。とはいえ、信じたおもな理由は、信じたかったからだ。同じ年齢の子たちがサンタクロースを信じたがるのと変わらない。信じる代償が相当高くなるまで、ぼくたちはこのおとぎ話にしがみついてい

た。ところが、二年生のある日、昼休みに女の子たちのテーブルの前で、ロビー・ジェンスンがぼくのズボンを下ろして「こいつ、まだおとぎ話《フェアリーテール》を信じてるんだぜ」と言った。たぶん、ぼくが祖父から聞いた話を学校で何度もくり返していたせいだろう。だが、あの屈辱《くつじょく》的な瞬間、この先何年も〝妖精君《フェアリー》〟という仇名《あだな》がついてまわる自分の未来が見えてしまった。それで、正しいことかどうかはともかく、祖父に腹を立てたのだ。

その日の午後、エイブじいさんが学校に迎えに来た。父さんと母さんの両方が忙しいときは、そういうことがよくあった。ぼくは祖父の古いポンティアックの助手席に乗りこむと、もうおとぎ話なんか信じないと宣言した。

「何がおとぎ話だって？」じいさんは眼鏡の上からぼくをのぞく。

「わかってるくせに。あの話だよ。子どもと怪物の話」

祖父は首をかしげた。「おとぎ話なんぞ、だれがした？」

ぼくはこう言ってやった。作り話とおとぎ話は同じで、おとぎ話はおもらしする赤ちゃんに聞かせるものだ。おじいちゃんの写真と話が作り物だってことくらい、知ってるんだから。祖父は怒りだすか喧嘩《けんか》ごしで言い返してくるぞ、とぼくは思った。とところが、ただ「そうか」と言っただけで、ポンティアックを発車させた。祖父の足がアクセルを踏むと、車はがくんと揺れて縁石から離れた。それで終わりだった。

たぶん、じいさんもいつかそういう日が来るとわかっていたのだろう——そのうちぼくも大きくなって、そんな話を信じなくなる。だけど、あっさり引き下がられて、ぼくはずっと嘘をつかれていたんだと思ってしまった。どうしてあんな話をでっち上げ、ありもしない不思議なことを本当の話だとぼくに信じこませたのか、理解できなかった。それを父さんが説明してくれたのは、数年後だ。エイブじいさんは子どもの頃の父さんにも同じ話をしていて、あの話はまったくの嘘というわけではなく、真実をふくらませたものだったらしい。というのも、じいさんの子ども時代は、おとぎ話とは似ても似つかなかったからだ。それは恐ろしい話だった。

ぼくの祖父は家族のなかでただひとり、第二次世界大戦勃発前にポーランドから脱出した。十二歳のとき、両親から見知らぬ人たちのもとへ送られたのだ。祖父の両親は末っ子だった祖父を、そのとき着ていた服とスーツケースひとつだけで英国行きの電車に乗せた。片道切符で。祖父はそれきり二度と両親に会えなかった。兄たちや、従兄弟《いとこ》たち、叔父や叔母たちにも。みんな、祖父が十六歳の誕生日を迎える前に亡くなってしまった。祖父が間一髪で逃げのびた怪物たちに殺されたのだ。ただ、触手や腐った皮膚を持つ、七歳の子どもが理解できるような怪物ではない。その怪物は人間の顔をして、ぱりっとした軍服に身を包み、足並みをそろえて行進する。どこにでもいそうな平凡な姿をしているので、人は手遅れになるまでその正体に気づかない。

怪物と同様、魔法の島の話も、真実をおとぎ話風に変えたものだった。ヨーロッパ本土を覆っていた恐怖にくらべたら、祖父を受け入れてくれた孤児院は天国のようなところだったに違いない。だから祖父の話でもそうなっていた。永遠の夏と、守護天使と、不思議な子どもたちの安全な避難場所。子どもたちはもちろん、実際に飛んだり、透明人間になったり、岩を持ち上げたりできたわけではない。子どもたちが追われていたのは、不思議な力を持っていたからではなく、ただユダヤ人だったからだ。ユダヤの血という波によって、あの小さな島に打ち上げられた戦争孤児だったのだ。あの子どもたちがすごいのは、奇跡的な力を持っていたことではない。ユダヤ人強制収容所《ゲットー》とガス室をまぬかれたことが大きな奇跡だったのだ。

ぼくがお話をせがむのをやめて、祖父はひそかにほっとしていたと思う。祖父の若い頃のくわしいことは、謎《なぞ》のヴェールに包まれていた。ぼくはそのヴェールをはがしたりはしなかった。祖父は地獄を経験してきたのだ。秘密にしておく権利がある。祖父が払わされた代償を考えると、ぼくはそれまで祖父の人生に嫉妬《しっと》していたことが恥ずかしくなった。そして自分はそのために何もしていないのに、安全で平凡な人生を送れることをラッキーだと思おうとした。

それから数年後、十五歳のとき、異常で恐ろしい出来事が起こり始め、ぼくの人生はそれより〈前の人生〉と〈後の人生〉でがらりと変わってしまった。

# 第1章

〈前の人生〉の最後の日の午後、ぼくは大人用おむつの箱を積み上げて、一万分の一スケールのエンパイアステートビルを作っていた。なかなかの出来ばえだった。土台の幅は一五〇センチ、化粧品売り場の通路に高くそびえ立つ。土台は特大サイズ、展望デッキは薄型タイプ、象徴的ないちばん上の塔は細心の注意を払って試供品を積み上げて作った。ほぼ完璧だった、ある重大な点以外は。

「〈ネヴァーリーク〉を使ったわけ」シェリーがぼくの職人技を見て、いぶかしげに顔をしかめた。「〈ステイタイト〉のセールなのに」シェリーは店長で、肩を落とした姿勢と不機嫌な表情は、従業員全員が着用を義務づけられている青いポロシャツと同じく、彼女の制服の一部になっている。

「〈ネヴァーリーク〉って言われたと思ったんですけど」ぼくは答えた。実際、そう言われたのだ。

「〈ステイタイト〉よ」。店長は残念そうに首をふった。まるで、ぼくの作ったタワーが足を骨折した競走馬で、自分はグリップに真珠を張ったピストルを持っているかのような態度だ。短いが気詰まりな沈黙のなか、店長は首をふりつづけ、ぼくとタワーを交互に見ている。ぼくはというと、店長が受動攻撃的な態度で何をほのめかしているのかさっぱりわからないという顔で、店長を見つめ返す。

「ああ、はい、はい」。ぼくはやっと口を開いた。「これを作り直せということですね」

「あなたが〈ネヴァーリーク〉を使ったと言っているだけよ」

「大丈夫です。すぐ取りかかりますから」ぼくは店員用の黒いスニーカーのつま先で、タワーの土台に使われている箱のひとつを軽く押した。たちまち大きなタワーが滝のように崩れだし、床にオムツの波が押し寄せる。おむつの箱は驚く客の脚にぶつかって跳ね返り、はるか自動ドアまで滑っていき、それに反応した自動ドアが開いて八月の熱気がどっと入ってきた。

店長の顔が熟《う》れたザクロの色に変わった。即刻ぼくをクビにするべきだが、あいにくぼくはそこまでラッキーではないことを知っていた。ひと夏ずっと〈スマートエイド〉をクビになろうと頑張ってみたことがあるが、クビになるのはほぼ不可能とわかっただけだった。何度も遅刻しては見えすいた言い訳をしたり、釣り銭をありえないほど間違えたり、商品を置く棚をわざと間違えたりもした。下剤の棚にローションを置いたり、避妊薬とベビーシャンプーを同じ場所に置いたりしてみた。何を任されてもろくに気を入れてやらず、どんなに役立たずのふりをしてみても、今のところ、店長は頑固にぼくを雇《やと》いつづけている。

　前言を修正させてもらえば、〈スマートエイド〉をクビになるのがほぼ不可能なのは、ぼくだからだ。ほかの従業員なら、はるかに些《さ》細《さい》な違反で店を追い出される。それはぼくにとって初めての政治的教訓だった。ぼくの住んでいる眠気を誘う海辺の小さな町エングルウッドには、三店舗の〈スマートエイド〉がある。サラソータ郡では二十七店舗、フロリダ州全体では一一五店舗と、まるで治療不可能な発疹のように広がっている。ぼくがクビにならない理由は、伯父たちがそのすべての店舗を所有しているからで、ぼくが仕事を辞められないのは、初めての仕事として〈スマートエイド〉で働くことが、一族の神聖な伝統になっているからだ。ぼくがこれまでの自滅的営業妨害で得たものは、店長シェリーとの勝ち目のない反目と、同僚たちの根深い怒りだった。正直に言えば、同僚ならどっちみち、ぼくに腹を立てることになる。なにしろ、ぼくはどんなにたくさんの展示商品を倒そうが、何度客に少ない釣り銭を出そうが、いつかはこの会社の大部分を相続するのに、同僚たちにその可能性はないのだから。

おむつの川を歩きながら、店長がぼくの胸に指を突きつけて何か厳しいことを言おうとしたとき、店内放送に邪魔《じゃま》された。

「ジェイコブさん、二番にお電話です、二番の電話をお取り下さい」

店長ににらまれつつ、ぼくは後ずさり、ザクロのような顔の店長をおむつタワーの残骸《ざんがい》の真ん中に残して立ち去った。

従業員休憩室はじめじめした窓のない部屋だ。ぼくが入っていくと、薬局アシスタントのリンダが自動販売機の明るい光のなかで耳なしサンドイッチを食べていた。リンダは壁掛け式の電話をあごで示した。

「二番に出て。だれか知らないけど、すごく取り乱してるみたいだった」

ぼくはぶら下がっている受話器を取った。

「ヤコブ？　おまえか？」

「そうだよ、じいさん」

「ヤコブか。助かった。鍵《かぎ》がいるんだ。わしの鍵はどこだ？」祖父は動揺した口調で、息を切らしている。

「何の鍵？」

「とぼけるな。わかっとるはずだ」

「自分でどこかに置き忘れたんじゃない？」

「父親からそう言えと言われたんだろう。いいから教えろ。おまえの父親には言わん」

「だれからも何も言われてないよ」ぼくは話題を変えようとした。「それより、今朝、ちゃんと薬を飲んだ？」

「やつらがわしを追ってきたんだ、わからんか？　何十年もたっているのに、どうやってわしの居所を突き止めたのかわからんが、とにかく見つかってしまった。やつらとどうやって戦えばいい？　バターナイフで立ち向かえってのか？」

こんな話を聞くのは、初めてではない。祖父は高齢になるにつれて、精神的に弱くなってきた。衰《おとろ》えの兆候は、最初はちょっとしたことだった。食料品を買うのを忘れたり、ぼくの母さんを伯母の名前で呼んだりといったことだ。ところがひと夏のあいだに、祖父をむしばむ認知症は残酷な展開を見せた。じいさんが戦争中の生活を元に作った風変わりな物語――怪物や魔法の島の話――が、本人にとって耐えがたいほどの完全な現実になってしまったのだ。この数週間は特におびえていて、ぼくの両親は祖父が自分を傷つけるのを心配し、祖父をホームに入れることを真剣に検討していた。祖父からこういうパニクった電話がかかってくるのは、なぜかぼくだけだった。

いつものように、ぼくは精一杯、祖父を落ち着かせようとした。「大丈夫だよ。何も問題ない。後でビデオを持っていくから一緒に観ようよ、どう？」

「冗談じゃない！　おまえはそこを動くな！　ここは危険だ！」

「じいさん、怪物が襲いに来たりはしないよ。戦争中に全部、退治したんでしょ？覚えてる？」この突拍子《とっぴょうし》もない会話をリンダに聞かれないように、ぼくは壁のほうを向いた。リンダはファッション雑誌を読んでいるふりをしながら、ちらちらとこっちをうかがっている。

「全部じゃない」祖父は言い返す。「そんなわけあるか。確かに、わしはたくさんの怪物を倒してきたが、いつでも次の怪物が現れる」受話器の向こうから、祖父が家じゅうを歩き回って、引き出しを開けたり物を投げつけたりしている音が聞こえてくる。完全にどうかしている。「いいか、こっちに来るんじゃないぞ、聞いてるか？　わしなら心配いらん――やつらの舌を切り落とし、目ん玉を突き刺してやる。そうすりゃこっちの勝ちだ！　あの忌々《いまいま》しい鍵さえ見つかれば！」

問題の鍵は、エイブじいさんのガレージの大型ロッカーのものだった。なかには、小さな軍隊を武装させられるほどの銃とナイフが保管されている。祖父は人生の半分をかけて、銃を集めたり、州外の銃の見本市へ出かけたり、長期の狩猟《しゅりょう》旅行に行ったり、晴れた日曜にいやがる家族を射撃場へ連れていって撃ち方を教えたりしてきた。自分の銃が大好きで、ときどき抱いて眠ることもあった。父さんがそれを証明する古いスナップ写真を持っている――ピストル片手に昼寝をするエイブじいさん。

エイブじいさんがなぜあんなに銃に執着していたのか、ぼくは父さんにたずねた。

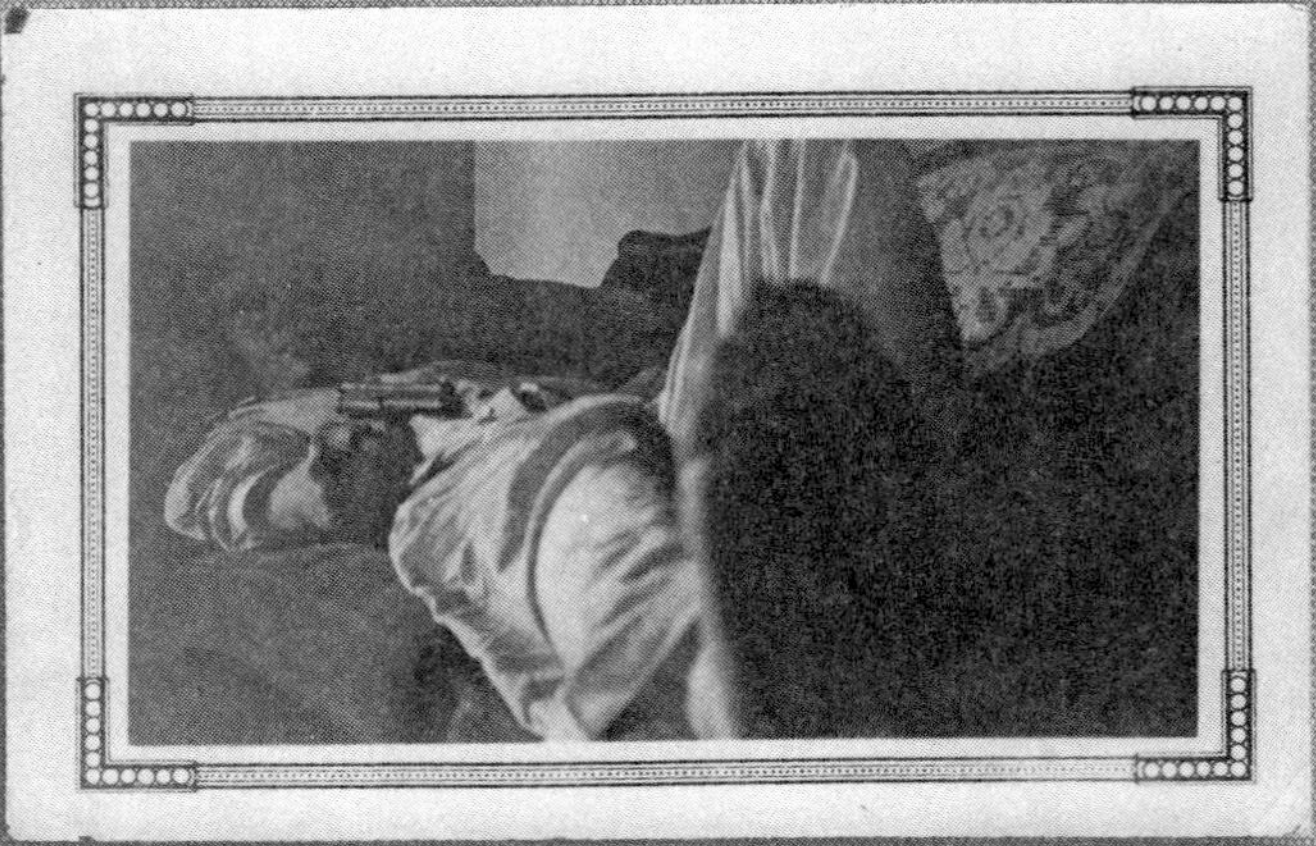

すると、元兵士や心に深い傷を負う経験をした人には、ときどきあることだと言われた。たぶん、祖父も恐ろしい経験をして以来、どこにいても、たとえ自宅でも、心から安全だとは思えなくなったのだろう。皮肉なのは、妄想《もうそう》と疑心に理性を奪われかけて、それが真実になったことだ――祖父は家にいても安全ではなかった。あんなにたくさんの銃が身近にあっては、危なくてしょうがない。それで父さんはロッカーの鍵をこっそり盗んだのだ。

鍵のありかなんて知らない、とぼくは嘘を繰り返した。またエイブじいさんの悪態と、鍵を探して歩き回る音がする。

「ふん！」そのうち祖父は言った。「そんなに大事なら、鍵はおまえの父親にくれてやる。ついでに、わしの死体も取りに来るんだな！」

ぼくはできるだけていねいに電話を切ると、父さんに電話した。

「エイブじいさんがおかしくなってる」

「今日の薬はちゃんと飲んだのか？」

「教えてくれないんだ。けど、飲んでないような口ぶりだった」

父さんのため息が聞こえた。「家に寄って、じいさんのようすを確かめてきてくれないか？　今、仕事から抜けられないんだ」父さんはバードレスキュー協会でパートタイムのボランティアをしていて、車にひかれたユキコサギや釣り針を飲みこんだペリカンを自然にかえす手伝いをしている。父さんはアマチュアの鳥類研究家にして、ネイチャーライター志望だ――未出版の原稿の束がそれを証明している。どっちも、結婚相手がたまたま一一五店舗のドラッグストアを所有する一族の娘でもないかぎり、現実的な仕事とはいえない。

もちろん、ぼくのやっていることも最高に現実的な仕事とはいえないし、いつでも好きなときに簡単に放り出せる。ぼくは父さんに、行ってみると答えた。

「悪いな、ジェイコブ。じいさんの件は早いうちに何とかすると約束する、いいな？」

じいさんの件って。「老人ホームに入れるってこと？」ぼくは言った。「じいさんを厄介《やっかい》ばらいするつもりなんだ」

「父さんと母さんは、まだそう決めたわけじゃない」

「とっくに決めてるくせに」

「ジェイコブ……」

「エイブじいさんの扱いならぼくに任せてよ、父さん。本当にうまくやれるから」

「今はまだおまえの手に負えるだろうが、この先、状態は悪くなっていくだけなんだぞ」

「大丈夫だよ。どうなったって」

ぼくは電話を切ると、友だちのリッキーに電話して車で送ってほしいと頼んだ。十分後、駐車場から聞き間違えようのないかすれたクラクションが聞こえた。リッキーの古いクラウンヴィクトリアだ。店から出ていく途中、ぼくは店長に悪い知らせを告げた。〈ステイタイト〉のタワー制作は、明日まで待ってもらうことになりました。

「家族の緊急事態なんです」

「わかったわ」

蒸し暑い夕方の外気へ出ていくと、リッキーがおんぼろ車のボンネットにすわって煙草を吸っていた。乾いた泥がこびりついたブーツ、煙をゆっくり吐く姿、夕日がグリーンの髪を照らしている光景は、パンクな労働者版ジェイムズ・ディーンだ。リッキーにはそういう要素が混在している。フロリダ南部でしか見られない複数のサブカルチャーの奇妙な融合体なのだ。

リッキーはぼくを見ると、ボンネットから跳び下りた。「もうクビか？」駐車場の奥から声を張り上げる。

「しーっ!」ぼくはリッキーのほうへ走っていった。「ぼくの計画は秘密なんだ!」

リッキーははげますつもりでぼくの肩を叩いたが、肩の骨が折れるかと思った。

「心配すんなって、特別クラス。いつだって明日はある」

リッキーはぼくのことを〝特別クラス〟と呼ぶ。ぼくがいくつかの特別上級クラスに入っているからだ。厳密に言うと、学校の特別教育カリキュラムの一環なのだが、その微妙な名称がリッキーにはおかしくてしょうがないらしい。それがぼくたちの友人関係だ——苛立《いらだ》ちと協力が半分ずつ。協力の部分は、ぼくたちが考え出した頭脳と腕力に関する秘密協定で、ぼくのほうはリッキーが国語で落第しないように助け、リッキーのほうは、学校の廊下《ろうか》をうろつくやたら怒りっぽいマッチョな連中にぼくが殺されないように助ける。ぼくの両親はリッキーを見てすごく不安になるが、それは単なる税金みたいなものだ。ぼくのほうは、リッキーを親友だと思っている。このほうが、リッキーしか友だちがいない、というより惨《みじ》めじゃない。

リッキーがクラウンヴィクトリアの助手席のドアを蹴《け》ると——それがこの車のドアの開け方だ——ぼくは乗りこんだ。すごい車だ。無作為のフォークアートとして博物館に展示されていてもおかしくない。リッキーは瓶一本分の二十五セント硬貨で町のゴミ捨て場から売ってもらったと言っていて、ミラーからいくつもぶら下がる芳香剤《ほうこうざい》でも消しようのない臭いが漂っている。シートはダクトテープを何重も貼って、うっかり飛び出したスプリングが尻に当たらないようにしてある。何よりすごいのは、その外観だ。錆《さび》だらけで、無数のへこみや穴で月面のようになっている。ガソリン代を稼ごうと、酔ったパーティーピープルに一発一ドルで車をゴルフクラブで殴らせたせいだ。唯一のルールは、ガラスでできている部分は狙わないことだったが、厳密には守られなかったらしい。

騒々《そうぞう》しくエンジンがかかり、青い煙がもくもくと立ちのぼる。駐車場を出て、小さいショッピングセンターの前を走って、エイブじいさんの家へ向かっていると、ぼくは祖父の家に着いたら何が待っているんだろうと不安になってきた。最悪のシナリオを想像する。裸で通りを走っている、ライフル銃をふり回している、前庭の芝生《しばふ》で怒りくるっている、鈍器を持って待ち伏せしている。何があってもおかしくない。しかも、ぼくはこれまでリッキーに祖父のことをすごい人だと話してきたのに、これがリッキーにとって祖父の第一印象になるのかと思うと、よけいに気が重くなる。

空の色ができたてのあざの色に変わる頃、車は祖父の住む住宅街の一角へ入っていった。そこは行き止まりだらけのとんでもない迷路のような場所で、サークル・ヴィレッジと呼ばれている。守衛のいるゲートで停車して名前を告げようとしたが、守衛室の老人はいびきをかいているし、ゲートは開けっ放しなので、いつものようにそのまま車で入っていった。携帯電話にメールの着信音がした。父さんからの状況確認のメールにぼくが返事を送る短いあいだに、リッキーは完全に道に迷ってしまった。ぼくがどこだかさっぱりわからないと言うと、リッキーは悪態をつき、煙草《たばこ》のヤニで茶色くなった唾《つば》を窓から吐きながら、何度もタイヤをきしませてUターンした。そのあいだに、ぼくは見覚えのあるものはないかと目を走らせる。祖父の家には子どもの頃から数えきれないくらい来ているとはいえ、容易じゃない。どの家もそっくりなのだ。ほとんど違いのない低い四角い建物に、アルミの羽目板か七十年代風のダークウッドが使われているか、正面に妄想的なあこがれとしか思えない漆喰《しっくい》の列柱があったりする。道路標識は、半数が太陽にさらされて白くなっていたり塗料が膨《ふく》れあがったりしていて、ほとんど役に立たない。唯一の現実的な目印は、カラフルで奇妙な庭飾りだ。サークル・ヴィレッジは庭飾りの野外博物館と言ってもいい。

ようやく、金属製の執事が両手で抱えている見覚えのある郵便受けを見つけた。執事は背筋をぴんと伸ばし、気取った表情にもかかわらず、錆《さび》の涙を流しているように見える。ぼくはリッキーに「左」と声を張り上げた。車のタイヤが甲高い音を立て、ぼくは助手席のドアに叩きつけられた。その衝撃で脳のゆるんだ部分が揺さぶられたに違いない。突然、頭のなかに地図が戻ってきた。「フラミンゴの乱痴気《らんちき》パーティーを右！　いろんな民族のサンタがいる屋根を左！　小便天使の前をまっすぐ！」

天使の前を通過すると、リッキーはのろのろ運転にして、ぼくの祖父の家があるブロックをいぶかしげにのぞいた。玄関の明かりひとつ灯っていない。窓の向こうのテレビの光さえ見えない。どの駐車場にも車は止まっていない。この一帯の人々がみんな、猛暑から逃れようと北へ逃げてしまったかのようだ。ノームの人形を伸び放題の芝生にのみこまれるままにして、雨戸をしっかり閉めてあるせいで、どの家もパステルカラーの小さなシェルターのように見える。

「左のいちばん奥だよ」ぼくが言うと、リッキーはアクセルを踏み、車はエンジンをプスンプスンと鳴らして通りを進んだ。四、五軒目で、芝生に水をやっている老人がいた。卵のような禿《は》げ頭の老人で、バスローブとスリッパ姿で足首まで伸びた芝生に水をまいている。その家もほかの家と同じように暗く、雨戸が閉まっていた。ぼくがそっちを見ると、老人に見つめ返されている気がした――が、老人にそんなことはできるはずがなかった。ぼくは気づいて軽いショックを受けた。なぜなら老人の目は完全に白くにごっていたからだ。変だな、近所に目の見えない人がいるなんて、エイブじいさんから聞いたことないのに。

通りの先は行き止まりで、バンクスマツの並ぶ壁になっている。リッキーは左へ急カーブして、祖父の家の私道に入った。そしてエンジンを切って外に出ると、助手席のドアを蹴り開けた。玄関へ歩いていくぼくたちの靴音は、乾いた芝生が消してしまう。

ぼくは玄関のチャイムを鳴らして待った。どこかの犬の吠える声が、蒸し暑い夕方にわびしく響く。返事がないので、ドアを叩いてみる。もしかしたらチャイムが壊れているのかもしれない。リッキーがまわりに集まり始めた蚊《か》を手で払った。

「出かけたんだろ」リッキーはにやにやしている。「お目当ての相手とデートとか」

「遠慮なく笑えよ。じいさんは何曜日の夜でも、ぼくたちよりよっぽどチャンスがあるんだ。ここは妙齢の未亡人がうじゃうじゃいるんだから」ぼくは緊張をやわらげたい一心で冗談を飛ばした。静けさに不安になる。

ぼくは灌木《かんぼく》のなかの隠し場所から予備の鍵を持ってきた。「ここで待っててくれ」

「はあ？　なんで？」

「君が身長一九八センチの緑色の髪《かみ》の男だからだよ。ぼくのじいさんは君を知らないし、銃の数は武器庫なみだ」

リッキーは肩をすくめ、嚙み煙草をもうひとつ口に入れると、庭用の椅子へ体を伸ばしにいった。ぼくは玄関の鍵を開けて、なかへ入る。

薄暗いなかでも、家がめちゃくちゃな状態であることはわかった。まるで泥棒に荒らされたみたいだ。本棚とキャビネットは空っぽで、そこに入っていたはずの小物と大型活字版の「リーダーズダイジェスト」誌が床いっぱいに散乱している。ソファや椅子はひっくり返され、冷蔵庫と冷凍庫のドアは開けっぱなしで、溶けだした中身がリノリウムの床にどろっと広がっていた。

ぼくはぞっとした。エイブじいさんは本当に、ついに、おかしくなってしまったんだ。ぼくは大声でじいさんを呼んだ――が、返事はない。

部屋から部屋へ、明かりをつけながら、頭のおかしくなった年寄りが怪物から隠れそうな場所をのぞいていく。家具の後ろ、屋根裏の狭い空間、ガレージの作業台の下。銃をしまっているキャビネットの裏も見た――キャビネットはもちろん鍵がかかったままだが――取っ手のまわりが傷だらけなのは、祖父が鍵をこじ開けようとした跡だ。ベランダに出ると、ずらりと吊るされた水をやっていないシダが、茶色く枯れてそよ風に揺れていた。ぼくは人工芝に膝をつき、何が見つかるのかとびくびくしながら、籐《とう》のベンチの下をのぞいた。

裏庭に明るい光が見えた。

網戸《あみど》から駆け出すと、芝生に懐中電灯が転がっていた。懐中電灯の光は家の庭と接する森へ向いている。森といっても、サークル・ヴィレッジと隣の住宅街センチュリー・ウッズのあいだに一キロ半ほど広がる、ノコギリヤシとつまらないヤシノキが生えただけの荒れ地だ。地元の噂では、この森にはヘビやアライグマやイノシシがうじゃうじゃいるらしい。そんなところで、祖父が迷子になってバスローブ一枚でわめいている姿が頭に浮かんでくる。黒々とした恐怖がこみ上げてきた。高齢者が転んで貯水池に落ち、ワニに食われたといったニュースが、一週間おきに報じられている。そんな恐ろしいことになっていてもおかしくない。

ぼくが大声で呼ぶと、リッキーはたちまち家の横を回って走ってきた。そしてすぐ、ぼくが気づいていなかったことに気づいた——網戸に不気味な長い一本の傷がある。リッキーは低く口笛を吹いた。「ひでえ傷だ。野生のブタの仕業《しわざ》か。ボブキャットかもな。あいつらには鉤爪《かぎづめ》があるだろ」

　突然、近くで獰猛《どうもう》な吠え声が響いた。ぼくたちはぎょっとして、不安げに視線を交わした。「犬かも」ぼくは言った。さっきの咆哮《ほうこう》に反応して近所の犬が吠え始め、あっというまに四方八方から咆哮が聞こえてきた。

「かもな」リッキーはうなずき、「トランクに二十二口径が入ってる。ちょっと待ってろ」と言って銃を取りに行った。

　咆哮は次第に収まり、代わりに単調で異質な夜の虫の合唱が大きくなっていく。顔を汗が流れる。あたりはもう暗いが、いつのまにかそよ風がやんでいて、なぜか昼間よりも暑く感じる。

　ぼくは懐中電灯を拾い上げ、森のほうへ歩きだした。祖父は森のどこかにいるはずだ。絶対に。けど、どこに？　ぼくは追跡はうまくないし、リッキーもそうだ。それでも何かに導かれている気がする——速くなる胸の鼓動だろうか、むっとする空気のせいか――急にこれ以上待っていられなくなった。ぼくは見えない痕跡《こんせき》を嗅覚でたどるブラッドハウンドのように、森の下生えのなかにずかずか入っていった。

フロリダの森を走るのは難しい。木が生えていないところには、太腿《ふともも》まで届くノコギリヤシの葉や、からまりあったヘクソカズラがびっしり生えている。それでも全力で走り、祖父の名前を叫びながら懐中電灯であらゆるところを照らした。視界の隅に白い光が見え、まっすぐそっちへ向かったが、よく見ると色あせて空気の抜けたサッカーボールだった。ぼくが数年前になくしたものだ。

あきらめてリッキーのところへ戻ろうと思ったとき、そう遠くないノコギリヤシの茂みに、できたばかりの踏み分け道が目に留まった。その道に足を踏み入れ、懐中電灯で周囲を照らすと、葉に黒いものが点々と散っていた。喉《のど》がからからになる。ぼくは覚悟を決め、その跡をたどり始めた。進むにつれて、胃が締めつけられる感覚が強くなっていく。まるで体はこの先に何があるのかを知っていて、警告しようとしているかのようだ。やがて、踏みつけられた道が広くなったかと思うと、そこに祖父がいた。

祖父は蔓《つる》植物のベッドにうつ伏せに倒れ、両脚を投げ出し、片方の腕が体の下になっている。まるで高いところから落下したかのようだ。間違いなく死んでいる、と思った。肌着は血に染まり、ズボンは破れ、靴は片方なくなっている。ぼくはしばらく懐中電灯の震える光で祖父の体を照らし、ただ見つめていた。やっと息ができるようになると、エイブじいさんと呼びかけたが、祖父は動かない。

両膝をつき、手のひらを祖父の背中に当てると、染み出てきた血はまだ温かく、消えそうな浅い呼吸が感じとれた。

ぼくは祖父の体の下に両腕を差しこみ、仰向けにした。まだ生きている。といっても、かろうじて息をしている状態で、目はうつろで、顔はやつれて青ざめている。そのとき、みぞおちに走る何本もの深い傷を見て、ぼくは気を失いそうになった。長く深い傷ばかりで、土がこびりついている。祖父が倒れていた地面は流れた血でぬかるんでいた。ぼくは傷を見ないようにして、ずたずたになった肌着を引っぱって傷を隠そうとした。

裏庭からリッキーの呼ぶ声が聞こえた。「ここだ！」ぼくは声を張り上げた。もっと言葉をつけ加えるべきだったかもしれない。危険とか、怪我人がいるとか言うべきだったかもしれないが、言葉が出てこなかった。ただ、祖父はベッドに横たわって医療機器の低い音がする静かな部屋で亡くなるはずだったのに、としか考えられなかった。アリのたかった、血でぬかるんだ地面の上で、震える片手に真鍮《しんちゅう》のペーパーナイフを握りしめて死ぬはずじゃなかった。

ペーパーナイフ。祖父が身を守るために持っていたのは、それだけだった。そっとペーパーナイフを取ると、祖父の手は力なく空をつかむ形になった。ぼくはその手を握った。爪を噛んだぼくの指を、紫色の血管が見える青ざめた祖父の指にしっかりとからめる。

「エイブじいさん、今から動かすからね」ぼくは声をかけ、いっぽうの腕を祖父の背中の下に、もういっぽうを脚の下に入れた。持ち上げようとしたが、祖父がうめいて体を硬くするのであきらめた。エイブじいさんに痛い思いをさせたくない。だからといって、ここに置いていくわけにもいかない。待つしかなかった。ぼくは祖父の腕や顔や薄くなってきた白髪から、そっと土を払い落とした。祖父の唇《くちびる》が動いているのに気づいたのは、そのときだった。

その声はかろうじて聞き取れる程度で、ささやきより小さい。ぼくはかがみこんで、祖父の口元に耳を近づけた。ぼそぼそとしたつぶやきは、意識がはっきりしたり遠のいたりするたびに、英語になったりポーランド語になったりする。

「わからないよ」ぼくは小声で言い、祖父の目がぼくをしっかり見るまで何度も名前を呼んだ。すると祖父ははっと息を吸い、小さいがはっきり聞こえる声で言った。

「島へ行け、ヤコブ。ここは危険だ」

　昔の妄想だ。ぼくは祖父の手を握りしめ、ぼくたちは大丈夫、じいさんはすぐよくなると言い聞かせた。今日祖父に嘘をつくのは、これで二度目だ。

　何があったのか、どんな動物に襲われたのかとたずねても、じいさんは耳を貸さない。「島へ行け」と繰り返す。「島なら安全だ。行くと約束してくれ」

「行くよ。約束する」ほかに答えようがあるか？

「わしがおまえを守ってやれると思っていた。ずっと前に話しておくべきだった
……」祖父から命が出ていくのがわかる。

「話しておくべきだったって、何を？」ぼくは涙をこらえて聞き返した。

「もう時間がない」そうつぶやくと、祖父は地面から頭を上げた。震えながら必死にぼくの耳元で話をする。「鳥を見つけろ。ループのなかにいる。老人の墓の向こう側。一九四〇年九月三日だ」ぼくはうなずいたが、祖父にはぼくが理解していないのがわ

かったようだ。最後の力をふりしぼって、こうつけたした。「エマーソン――手紙。何があったか彼らに知らせてくれ、ヤコブ」

そして疲れきって弱った祖父は、頭を地面に下ろした。ぼくが大好きだよと言うと、祖父は自分の世界へ入っていったようだった。祖父の視線はぼくを通りすぎ、満天の星が輝く空へさまよっていく。

少しすると、下生えからリッキーが飛び出してきた。ぼくの腕のなかで動かなくなった祖父を見て、リッキーは一歩下がった。「うわ。マジか。えっ、マジかよ」両手で顔をさすると、脈はあるのかとか、警察を呼ぼうとか、森のなかで何か見たかとか、まくしたてた。ぼくは不思議な感覚にとらわれていた。祖父を置いて立ち上がる。今まであるとは知らなかった本能が働き、あらゆる神経の末端がぴりぴりする。森に何かいる、確かにいる――ぼくにはわかる。

月はなく、下生えを動くものはぼくたち以外いないのに、なぜか懐中電灯を上げるべきタイミングと向けるべき方向がわかった。そしてほんの一瞬、細い光のなかに、子どもの頃の悪夢から抜け出てきたとしか思えない顔が見えた。こっちを見つめ返す目は黒い液体に浮かび、背中の丸い骨格に垂れ下がる漆黒の皮膚《ひふ》には深いしわが刻まれ、大きく開いた口からは長いウナギのようにのたうつ舌が何本もはみ出している。ぼくが叫び声を上げると、それは身をよじって去っていった。揺れる茂みに、リッキーが気づいた。リッキーは二十二口径を構え、パン、パン、パン、パンと撃った。「何だ、さっきの？　いったい何だったんだよ？」リッキーはそう言ったが、やつの姿は見ていないようだった。ぼくはというと、その場に凍《こお》りついていて口がきけなかった。電池の切れかけた懐中電灯の光が、何もいない森をちかちかと照らしている。そこでぼくは気を失ってしまったに違いない。リッキーが「ジェイコブ、ジェイコブ、おい、特別クラス、大丈夫か」と言っていて、それがぼくの覚えている最後の記憶だった。

# 第2章

祖父の死から数カ月間、ぼくはベージュ色の待合室とどこだかわからないオフィスという煉獄《れんごく》をぐるぐる回ってすごした。調べられ、質問され、陰でひそひそ話をされ、話しかけられたらうなずき、何度も同じ話をさせられ、さんざん哀れみの視線と気の毒そうな顔を向けられた。両親はぼくのことを家に伝わる骨董品のように扱い、ぼくの心がぼろぼろになってしまわないように、ぼくの前では喧嘩をしたり不機嫌になったりしなくなった。

ぼくは悪夢を見ては叫んで目を覚ますようになり、睡眠中の歯ぎしりで歯がぼろぼろにならないようにマウスガードをつけなくてはならなかった。目を閉じると、必ずあれが見える——森で見た、口から触手を垂らした恐ろしい怪物。祖父を殺したやつだ。そのうち、またぼくの前に現れる。間違いない。ときどき、あの夜のような激しいパニックに襲われる。あの怪物が近くにいるとはっきりわかる。黒い木立の陰や、駐車場の隣の車の向こうや、自転車を置いているガレージの後ろにひそんで、待ち伏せしている。

家から出なければ安全だ。何週間も、朝刊を取りに私道へ出ることさえ拒否した。寝るときは、ランドリールームの床で毛布にくるまって眠った。そこは家のなかで唯一窓がなく、内側から鍵をかけられるドアがあったからだ。祖父の葬儀の日をすごしたのも、そこだった。乾燥機の上にすわり、ノートパソコンでオンラインゲームに没《ぼっ》頭《とう》しようとした。

あのときのことで、ぼくは自分を責めていた。エイブじいさんの話を信じてさえいれば――この言葉が頭のなかで鳴り止まない。けど、ぼくは祖父の話を信じなかったし、ほかのみんなも信じなかった。今では、祖父の気持ちがわかる。ぼくもだれにも信じてもらえない。無理やり言葉にするまでは、自分の説明は何の問題もないように思えた。けど口に出してみると、とてもまともとは思えなかった。あの日、自宅に来た警官に説明しなくてはならなかったときは特に。ぼくはあのときの出来事を何もかも、怪物のことまで話したが、キッチンのテーブルの向かいにすわった警官は、うなずくだけで一切メモを取らなかった。ぼくの話が終わると、警官は「わかった、ありがとう」とだけ言って、両親のほうを向き、息子さんには通院歴がありますかと聞いた。まるで、ぼくにはその意味がわからないと思っているみたいに。ぼくは警官に「あ、すいません。もうひとつ」と言って、中指を立てて見せ、その場から出ていった。

数週間ぶりに両親に怒鳴られた。だが、ぼくはほっとした——なつかしい甘い響き。ぼくもひどい言葉を投げ返した。エイブじいさんが死んで、父さんも母さんも喜んでいるんだとか、本当にじいさんを大事に思っていたのはぼくだけだとか。

警官は両親としばらく私道で話をしてから車で帰っていったが、一時間後に似顔絵画家だという男を連れて戻ってきた。男は大きなスケッチブックを持ってきて、ぼくにもう一度怪物の特徴を話してくれと言った。ぼくの説明を聞きながら、男は絵を描いていき、ときどき手を止めて説明を求めた。

「目はいくつ？」

「ふたつです」

「了解」まるで、警察の似顔絵画家にとって、怪物を描くことなんか日常茶飯事《さはんじ》だというようだ。

ぼくを落ち着かせるためだということが、見え見えだ。それが完全にはっきりしたのは、男が描き上げたスケッチをぼくにくれようとしたときだ。

「捜査資料か何かに必要じゃないんですか？」

ぼくが質問すると、男は警官と顔を見合わせて眉《まゆ》を上げた。「もちろんだとも。まったく、俺は何を考えていたんだろうな？」

ひどい屈辱だった。

ぼくの親友にして唯一の友だちのリッキーさえ、信じてくれなかった。しかもリッキーはあの場にいたのに。あの夜、森で妙な生き物なんか見なかったと断言した。ぼくが懐中電灯でまっすぐ怪物を照らしていたというのに、リッキーは警官にそう言ったのだ。ただし、リッキーは吠え声が聞こえたと言った。咆哮はふたりとも耳にしていた。だから、警察が祖父は野犬の群れに殺されたと結論を出したときも、それほど驚かなかった。実際、野犬の群れはよそで目撃されていたし、先週はセンチュリー・ウッズを散歩していた女性が野犬に嚙まれている。だが、すべて夜だ。「夜は怪物の

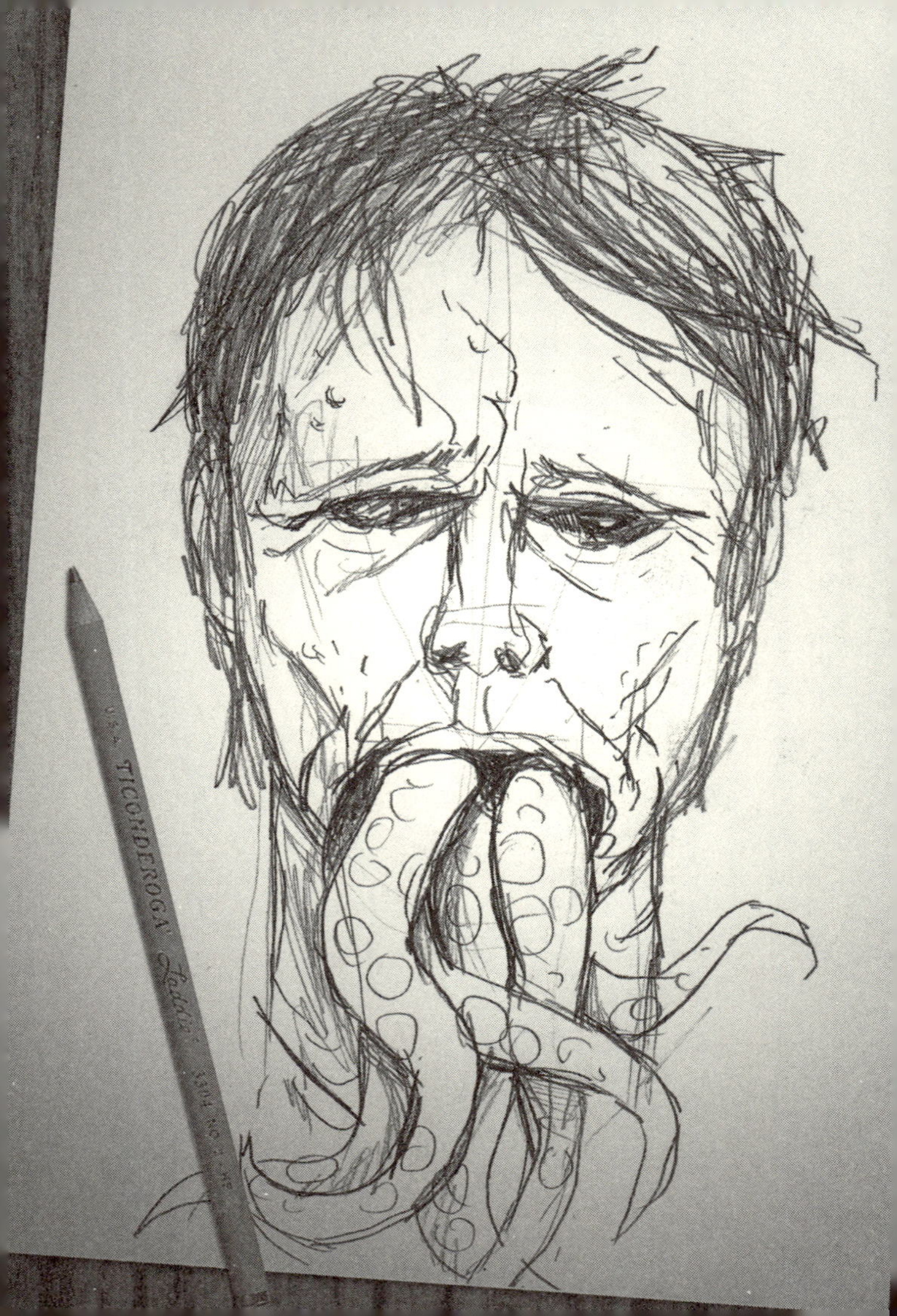
TICONDEROGA

姿がいちばん見えにくい時間じゃないか！」ぼくは言ったが、リッキーは首を横にふって、ぼくには〝頭の医者〟が必要だというようなことをもごもご言うだけだった。

「それを言うなら、精神科医だろ」ぼくは言い返した。「ほんと、ありがと。こんなに親身になってくれる友だちがいて、ぼくは幸せだよ」ぼくたちはルーフデッキにすわって、フロリダ湾に沈む太陽を眺めていた。リッキーはぎゅっと体を丸めている。まるでうちの両親が旅行先のアーミッシュの村から持って帰ってきた、法外な値段のアディロンダック・チェアに入っているバネみたいだ。リッキーは正座して、きつく腕組みをして、かたくなに煙草を吸いつづけている。ぼくの家にいるときは、いつもなんとなく居心地が悪そうだけど、ぼくのほうを見るたびに目をそらすようすから、今リッキーを落ち着かなくさせているのは、裕福な両親ではなく、ぼくだとわかった。

「なんつーかさ、正直に言うけど」リッキーが口を開いた。「怪物のことばっか話してると、病院に放りこまれるぞ。そうなったら、正真正銘の特別クラス行きになっちまう」

「特別クラスって言うな」

リッキーは煙草を投げ捨て、唾で光る大きな嚙み煙草の塊を手すりの向こうへ吐きだした。

「紙巻煙草を吸いながら、嚙み煙草も嚙んでたのか？」

「おまえは、俺のおふくろか？」

「ぼくがフードスタンプ*欲しさに、トラック運転手にフェラチオするように見えるか？」

　リッキーは母親に関するジョークの目利きだが、これはさすがに許容範囲外だったらしい。椅子から勢いよく立ち上がり、ぼくが屋根から落ちそうになるほど乱暴に突き飛ばした。ぼくが帰れと叫んだときには、もうリッキーはいなかった。

　それから数カ月、リッキーと会わなかった。友だちなんてそんなものだ。


　結局、両親に〝頭の医者〟のところへ連れていかれた——物静かで軽く日焼けした肌のゴラン医師のところへ。ぼくは喧嘩を吹っかけたりはしなかった。自分には助けが必要だとわかっていた。

　ぼくの症例は難しいだろうと思っていたら、ゴラン医師は驚くほど速やかに対処してくれた。感情をこめない冷静な口調は催眠《さいみん》術のような効果をもたらし、二回の診察で、あの怪物はぼくの豊かな想像力の産物にすぎず、祖父の死を目の当たりにしたトラウマで実在しないものが見えるようになったのだと納得させてくれた。そもそも、あんな怪物をぼくの頭に植えつけたのは、エイブじいさんのお話だ。ゴラン医師はそう説明した。あの場で膝をついて祖父の体を抱いていたことと、ぼくのまだ短い人生のなかで最悪の衝撃に動揺したことで、祖父が恐れていた怪物の記憶が呼び覚まされたと考えれば筋が通る。

その症状には名前までついていた——急性《アキュート》ストレス反応。「あら、ちっともかわいく《キュート》ないのに」母さんは、ぼくに下された輝かしい新たな病名を聞いてそう言った。けど、ぼくは母さんのジョークも気にならなかった。何と言われようと「イカれてる」よりはましだ。

だが、怪物を信じなくなったからといって、状態がよくなったわけではない。まだ悪夢に悩まされていた。落ち着きがなく、被害妄想的で、他人とうまくやっていけない。そこで両親は、ぼくが気が向いたときだけ学校へ行けばいいように、家庭教師を雇ってくれた。ついでに——やっと——〈スマートエイド〉のアルバイトを辞めさせてくれた。こうして、〝よくなること〟がぼくの新しい仕事になった。

すぐに、ぼくはその仕事も辞められるように頑張ることにした。一時的な混乱という小さな問題が解決すると、ゴラン医師の仕事はおもに処方箋《しょほうせん》を書くことになった。まだ恐ろしい夢を？　その答えは用意してあった。スクールバスでパニック発作《ほっさ》を起こすことは？　これは適当にごまかす。眠れない？　では投薬量を増やしてみよう。薬のせいで、ぼくの体重は増え、頭はぼうっとするようになり、相変わらず憂鬱《ゆううつ》で、一晩に三、四時間しか眠れなくなっていった。それで、ぼくはゴラン医師に嘘をつき始めた。いつも目の下にクマがあり、急な物音で神経質な猫のように飛び上がってしまう状態だというのに、元気なふりをした。一週間分の夢をでっちあげた。健康な人間が見るような、どうということはない単純な夢だ。歯医者に行く夢とか、空を飛ぶ夢とか。二晩連続で裸で学校にいる夢を見た、とも言った。

するとゴラン医師がぼくの話を止めた。「怪物はどうだね？」

ぼくは肩をすくめる。「まったく出てきません。これって、よくなってるってことですよね？」

ゴラン医師はしばらくペンで机をコツコツ叩いていたが、やがて何か書き留めた。

「わたしが聞きたそうなことを言っているだけじゃないだろうね」

「もちろんです」ぼくは壁に並んだ学位記に目を走らせた。どれも心理学のさまざまな分野の専門家であることを証明している。それはつまり、強いストレスを受けたティーンエイジャーが嘘をついているかどうかも判断できるということだ。

「ちょっと、真剣に話そう」ゴラン医師はペンを置いた。「今週はひと晩も夢を見なかったと言うんだね？」

ぼくは昔から嘘が下手だ。恥《はじ》をかくより、認めてしまったほうがいい。「ええと」ぼくはもごもご答えた。「ひと晩くらいは見たかも」

本当は、その一週間、毎晩夢を見ていた。細かいところは毎回違うが、大筋はだいたい同じ。祖父の寝室の隅にしゃがんでいて、窓から入ってくる夕暮れの琥珀《こはく》色の光のなか、ピンク色のプラスティック製BB弾銃をドアへ向けている。ベッドがあるはずの場所には、輝く巨大な自動販売機が立っていて、販売機のなかにはキャンディではなく、鋭い刃を持つミリタリーナイフと徹甲《てっこう》弾拳銃がずらりと並んでいる。そこには昔の英国軍の制服を着た祖父がいて、自動販売機に紙幣を入れているのだが、銃を買うのに手間取り、どんどん時間がなくなっていく。やっとのことでぴかぴかの四十五口径がガラスのほうへ転がってきたかと思うと、取出口に落ちる前に詰まってしまう。祖父はイディッシュ語で悪態をつき、自動販売機を蹴飛ばすと、膝をついて取出口から手を突っこんで拳銃をつかもうとするが、腕がはさまってしまう。そのとき、やつらが来る。長く黒い舌が窓の外から這い上がってきて、入り口を探している。ぼくはBB弾銃を怪物の舌に向けて引き金を引くが、何も起こらない。そのあいだも、エイブじいさんは頭のおかしい人みたいに叫んでいる――鳥を見つけろ、ループを探せ、こら、ヤコブ、わからんのか、このバカたれが――そのとき窓が割れ、ガラスの破片が降ってきたかと思うと、黒い舌がぼくらに覆いかぶさってくる。ぼくはたいていここで目を覚ます。汗ぐっしょりで、心臓はハードル跳び競走をしたみたいにドキドキして、胃はきゅっと縮まっている。

夢はいつも同じで、話し合うのは百回目なのに、ゴラン医師はまだ診察のたびにぼくに説明させる。まるでぼくの潜在意識を念入りに調べ、これまでの九十九回で見逃していたかもしれない手がかりを探しているかのようだった。

「夢のなかで、おじいさんはなんと言っていたかね？」

「いつもと同じことです」ぼくは答える。「鳥とループとお墓のこと」

「おじいさんの最期の言葉だったね」

ぼくはうなずく。

ゴラン医師は両手を組んで、あごを乗せた。絵に描いたような、考えこむ〝頭の医者〟の姿だ。「その意味について、新たに思いついたことはあるかね？」

「はい。どうでもいいってことです」

「こらこら、嘘をつくんじゃない」

ぼくは祖父の最期の言葉なんか気にしていないふりをしたかったが、実際は気にしていた。それは悪夢と同じくらい、ぼくを苦しめつづけていた。あの言葉は、じいさんがだれにでも言っていた妄想から生まれた虚言と片づけてはならない気がするし、ゴラン医師は、あの言葉の意味がわかれば、ぼくの恐ろしい夢をとりのぞけると確信している。だから、ぼくはやってみた。

エイブじいさんが言っていたことには、理解できる部分もある。例えば、ぼくに島へ行ってほしいと言っていたこととか。祖父は、怪物がぼくを追ってくるのを心配していて、逃げのびられる場所は、自分が子どもの頃に逃げこんだその島しかないと考えたのだ。その後、祖父は「おまえに話しておくべきだった」と言っていたが、その内容はどうあれ、話す時間がなかったからだろう。だとしたら、祖父は次善の策として、ぼくにそれを話すことのできる人物――祖父の秘密を知る人物――へつながる手がかりを残していないだろうか？　ループや墓や手紙にまつわる不可解な話こそ、きっとその手がかりだ。

少しのあいだ、ぼくはこう考えた。〝ループ〟はサークル・ヴィレッジの通りのことで――その住宅地はループ状の道がたくさんある――〝エマーソン〟は祖父が手紙を送っていた相手かもしれない。祖父が連絡を取りつづけていた、古い戦友かだれかだろう。たぶん、そのエマーソンという人がサークル・ヴィレッジの環状道路のひとつに住んでいて、そばに墓があって、その人が持っている手紙に一九四〇年九月三日付の一通があって、ぼくにそれを読めと言っているのだ。ばかばかしく聞こえるのはわかっているが、もっとばかばかしいことが真実だと明らかになることだってある。

ネットでの調査に行き詰まると、ぼくはサークル・ヴィレッジのコミュニティ・センターへ行ってみた。そして、そこに集まってシャッフルボードをしたり、最近受けた手術の話をしたりしている老人たちに、墓地の場所と、エマーソンさんを知らないかたずねた。老人たちは、ぼくの首からふたつ目の頭が生えてきたかのような目でこっちを見つめた。十代の少年に話しかけられて困惑しているのだ。結局、サークル・ヴイレッジに墓地はなく、この界隈《かいわい》にエマーソンという名前の人はおらず、〃ループ通り〃とか〃ループ大通り〃といった道路もなかった。完全な失敗だ。

それでも、ゴラン医師はやめさせてくれなかった。そして、有名な昔の詩人、ラルフ・ウォルド・エマーソンについて調べるよう提案してきた。「エマーソンはかなりの量の手紙を書いている。君のおじいさんはそのことを言いたかったのかもしれない」ぼくにはただの当てずっぽうに聞こえたが、ゴラン医師にうるさくされるのもいやなので、ある日の午後、父さんに図書館まで送ってもらった。ラルフ・ウォルド・エマーソンがたくさんの手紙を書いていて、それが本になっていることは、すぐわかった。三分ほどで、ぼくはすっかり興奮してきた。突破口はすぐ近くだ。それにふたつのことが明らかになった。ひとつ目は、ラルフ・ウォルド・エマーソンは一八〇〇年代の人だから、一九四〇年九月三日付の手紙を書くのは不可能ということ。ふたつ目は、この詩人の作品はとても難解で謎めいていて、祖父がほんの少しでも興味を持った可能性はないこと。祖父はあまり本を読まなかった。エマーソンの文体は眠気を誘うということが、身にしみてわかった。読みだしたら本に突っ伏して眠ってしまい、『自己信頼』というエッセイをよだれまみれにして、その週六度目の自動販売機の夢を見てしまった。自分の悲鳴で目が覚め、図書館から追い出されながら、ぼくはゴラン医師と彼のばかげた提案を呪《のろ》った。

限界は数日後にやってきた。ぼくの家族が、そろそろエイブじいさんの家を売りに出そうと決めたのだ。だが見込みのある買い手になかを見せる前に、家をきれいにしなくてはならない。〝トラウマを負った現場と向き合う〟のはぼくにとっていいことだというゴラン医師の助言で、ぼくは父さんとスージー伯母さんががらくたを片づける手伝いをさせられることになった。祖父の家に着いてしばらく、父さんはぼくをそばに置いて、大丈夫かようすを見ていた。驚いたことに、ぼくは大丈夫そうだった。灌木にくっついた立入禁止の黄色いテープの残骸や、ベランダに張られた網が破れてそよ風にはためいているのを見ても、そういうものは——道路わきに置かれたレンタルの大型ゴミ収集箱が、祖父の人生の残骸を飲みこもうと待ち受けているかのようで——悲しくはなったが、怖くはなかった。

ぼくがパニックに陥って口から泡を吹いたりする心配はないとわかると、三人で早速仕事に取りかかった。ゴミ袋を持って険しい顔で家のなかを進みながら、棚やキャビネットや屋根裏の狭い空間をどんどん空にしていく。何年も動かされていない物をどけると、埃《ほこり》の幾何学《きかがく》模様が現れた。とっておく物、持ち出せそうな物の山と、ゴミ箱行きの物の山にわける。伯母さんと父さんは感傷的なほうではないから、ゴミ箱行きの山がいちばん大きかった。ぼくはいくつかとっておいてもらおうと懸命に頼んでみた。例えば、ガレージの隅でぐらぐら揺れていた、水に濡れて傷んだ「ナショナル・ジオグラフィック」誌の二メートル半の山――いったいどれだけの午後をこの雑誌に読みふけり、泥のお面をかぶったニューギニアの部族にまぎれこむ自分や、ブータン王国で断崖《だんがい》の上に建つ城を発見する自分を想像してすごしたことだろう。だが、ぼくの頼みはいつも却下された。祖父のビンテージ物のボウリングシャツや（「みっともない」と父さん）、ビッグバンドとスウィングジャズの七十八回転のＳＰレコード（「高い値で売れそうだ」）や、鍵がかかったままの大きな武器キャビネットの中身（「冗談だよな？　父さんは冗談だと思いたい」）も、だめ。

ぼくは父さんに薄情だと言ってやった。伯母さんはその場から消え、ぼくと父さんは書斎に残された。ぼくたちはそこで、古い財務記録の山を片付けているところだった。

「父さんはただ現実的に考えているだけだ。人が亡くなると、こういうことが待っているものなんだ、ジェイコブ」

「へえ。じゃあ、父さんが死んだら？　ぼくは父さんの古い原稿を全部焼けばいい？」

父さんの顔が赤くなる。まずい。父さんがいつか出版したいと書きためている原稿のことに触れるのは、明らかに反則だ。だが父さんは怒鳴ったりせず、静かにこう言った。「今日おまえを一緒に連れてきたのは、おまえはこういうことに対処できるくらい大人になったと思ったからだ。しかし、間違っていた」

「間違っていたじゃなくて、父さんは間違っている。父さんは、エイブじいさんの遺品を全部処分すれば、ぼくがじいさんのことを忘れると思ってるけど、そんなはずない」

父さんは降参するように両手を上げた。「わかった。こんな喧嘩はもううんざりだ。何でもほしいものを持っていけ」そう言って、黄ばんだ書類の束をぼくの足元に放った。「ケネディが暗殺された年からの項目別の税控除一覧表だ。持って帰って額縁にでも入れたらどうだ！」

ぼくは書類の束を蹴飛ばして出ていき、力いっぱいドアを閉めると、父さんが謝りに来るのをリビングで待った。するとシュレッダーの轟音《ごうおん》が聞こえてきて、父さんにその気はないとわかったので、ぼくは足音荒く祖父の寝室に行って閉じこもった。よどんだ空気と革と祖父の使っていたコロンのほのかにすっぱい匂《にお》いがする。ぼくは壁にもたれて、ドアとベッドのあいだのカーペットにできた細長く擦り切れた跡を目でたどった。四角い窓から射しこむ弱い光が、ベッドカバーの下からはみ出した箱の角を照らしている。ぼくはそこに膝をつき、箱を引っぱり出した。埃まみれの古い葉巻の箱だ。まるで、祖父がぼくに見つけさせるためにそこへ置いていったかのようだ。

中身は、ぼくがよく知っている写真だった。透明人間、空中浮揚の少女、岩を持ち上げる少年、頭の後ろに顔が描いてある男。どの写真も傷んではげかけている。それに、ぼくが覚えているより小さく見えた。だいぶ大人に近づいた今、こうした写真を見ていると、あまりにも見え透いたトリックに愕然《がくぜん》とする。〝透明人間〟の頭が消えているのは、焼き込みの手法を使っただけだろう。やせた少年が持ち上げている大きな岩は、発泡スチロールか石膏《せっこう》で簡単に作れる。とはいえ、七歳の子どもが見破るのは難しい。信じたがっている子どもなら、なおさらだ。

そういう写真の下に、エイブじいさんから見せてもらったことのない写真が五枚出てきた。なぜだろうと思ったが、よく見ると理由がわかった。三枚はあからさまに手が加えられていて、小さな子どもでも見破れる。三枚のうちの一枚は、瓶《びん》に〝閉じこめられた〟女の子で、二重露光で撮影されたばかばかしい写真だ。べつの一枚は〝空中浮揚〟する赤ん坊の写真だが、赤ん坊は後ろの暗い戸口に隠れた何かに吊るされている。三枚目にいたっては、犬の写真に少年の顔を貼りつけただけだ。この奇妙な三枚ではまだ足りないとでもいうように、残りの二枚はデイヴィッド・リンチ監督の悪夢から出てきたような写真だった。一枚は、幼い曲芸師が驚くほど上体を後ろに曲げて、股《また》のあいだから寂しそうな顔をのぞかせている写真。もう一枚は、不気味な双子が見たこともない異様な恰好《かっこう》をしている写真。ぼくに触手のような舌を持つ怪物の話をさんざん吹きこんできた祖父でさえ、この二枚は子どもに悪夢を見せてしまうと思ったのだろう。

両手にそんな写真を持って祖父の寝室の埃っぽい床に膝をついていると、祖父のしてくれた話が全部嘘だと気づいたあの日、すごく裏切られた気分になったことを思い出した。今では、真実はほぼはっきりしている。じいさんの最期の言葉は、いつもの巧妙《こうみよう》な作り話にすぎず、最期の行動は、ぼくに悪夢と被害妄想的な幻覚を植えつけ、何年も精神分析医と副作用で太る薬の世話にならせるためだったのだ。

　ぼくは箱を閉じてリビングへ持っていった。父さんとスージー伯母さんは、引き出しいっぱいの未使用のクーポン券の切り抜きを、十ガロンのゴミ袋に捨てているところだった。

　ぼくは箱を差し出した。中身が何かは聞かれなかった。

「つまり、こういうことかね？」ゴラン医師はたずねた。「おじいさんの死に意味はない？」

　ぼくはソファに横になって、部屋の隅の水槽を見つめていた。水槽では金色の囚人《しゅうじん》が一匹ゆったりと円を描いて泳いでいる。「先生にいい考えがないんだったら、そういうことです。どんな意味があるのか、まだぼくに話していない立派な説があるならべつですけど、ないんだったら……」

「何だね？」

「こんなこと、時間の無駄だと思います」

　ゴラン医師はため息をつくと、頭痛をやわらげようとするように鼻梁《びりょう》をつまんだ。

「わたしは、君のおじいさんの最期の言葉がどういう意味かを知りたいわけではない。

それが重要だと思っているのは、君自身だ」

「そんなくだらない心理学の分析なんかどうでもいい」ぼくは勢いこんで言い返す。「ぼくは、それが重要だと思っているわけじゃない。真実だと言ってるんだ！　けど、ぼくたちにはその意味なんて知りようがない。じゃあ、どうでもいいじゃないですか。さっさと処方箋を書いて、診察料を取ればいい」

ぼくはゴラン医師を怒らせたかった。反論してほしかった。ぼくが間違っていると言ってほしかった。ところが、医師は無表情で椅子の肘掛けをペンでコツコツ叩いているだけだった。「あきらめるのかね」少ししてゴラン医師は言った。「がっかりしたよ。君が簡単にあきらめるタイプだとは思わなかった」

「だとしたら、ぼくのこと、あんまりわかっていなかったってことですね」


これ以上パーティーに向かない気分があるだろうか。両親が今度の週末は何もなくて退屈だろうとあからさまにほのめかし始めた瞬間、パーティーが待っているとわかった。もうすぐ十六歳の誕生日だということは、みんな知っている。ぼくは今年のパーティーは遠慮したいと頼んでみた。ほかの理由もいろいろ挙げて、招待したい人がだれもいないと訴えたが、両親はぼくがあまりに長くひとりですごしているのを心配して、人との交流は治療になるという考えにしがみついた。ぼくは「それなら電気ショックもあるよ」と言ってやったが、パーティーを辞退したいというこんな見え透いた言い訳すら、母さんは認めようとしなかった。なにしろ、ペットのオカメインコの誕生日に友人を招いたことがある人だし、自宅を見せびらかすのも好きなのだ。母さんはワイングラス片手に、これ見よがしに飾りたてた部屋へお客さんたちを案内しながら、建築家の天才的な仕事をほめたたえたり、苦労話（「壁に取り付けたその燭台《しょくだい》は、イタリアから取り寄せるのに何カ月もかかったのよ」）を披露《ひろう》したりする。

ぼくは父さんの車で、ゴラン医師の気の滅入るカウンセリングから家に帰ってきたところだった。父さんの後について、なぜか暗いリビングへ入っていくと、父さんが「おまえの誕生日に何の準備もしていないとは、まったく」とか「まあ、しょうがない。来年があるさ」みたいなことをつぶやいたところで、ぱっと明かりがついた。まぶしい光のなかに、紙テープや風船、ぼくがろくに話したことのない伯父さんや伯母さんや従兄弟たち――母さんがうまく誘い出すことに成功した人たち――が現れた。それから、リッキーも。フルーツパンチの入ったガラスボウルのそばをうろうろしているリッキーを見て、ぼくは驚いた。鋲《びょう》のついたレザージャケット姿の彼は滑稽《こっけい》なほど場違いに見える。みんながひととおり盛り上がって、ぼくも驚いたふりを終えると、母さんがぼくに片腕を回してささやいた。「どう?」ぼくはいらいらしているし疲れてもいるから、〈ウォースパイアⅢ―召喚〉をやって、テレビをつけたままベッドにもぐりこみたかった。けど、どうする? みんなに帰ってもらう? ぼくがいいねと答えると、母さんはぼくに感謝するみたいにほほえんだ。

「新しくしたところを見たい人は?」母さんは高らかに声を上げると、自分のグラスに白ワインを注ぎ、親戚を引き連れて上階へ行った。

リッキーとぼくは部屋の両端からうなずきあい、一、二時間はほかの人たちの存在を我慢することに無言で同意した。屋根から突き落とされそうになった日から、リッキーとは口をきいていないが、友だちがいるという幻想を守りつづける重要性はふたりとも理解していた。リッキーに話しかけにいこうと思ったら、ボビー伯父さんに肘をつかまれ、部屋の隅へ引っぱっていかれた。ボビー伯父さんはがっしりした大男で、大きな車を運転し、大きな家に住んでいて、何年も腹に詰めこんできた〈ハーディーズ〉のモンスターバーガーとフォアグラのせいで、いつか大きな心臓発作を起こし、小柄で物静かな奥さんとマリファナ常用者の子どもたちにすべてを残して死ぬと思う。ボビー伯父さんとレス伯父さんは〈スマートエイド〉の共同社長で、いつも人を部屋の隅へ引っぱっていっては、共謀めいたおしゃべりをする。パーティー主催者の作ったワカモーレをほめるというより、殺人を企《たくら》んでいるみたいだ。

「お母さんから聞いたよ。危険な状態は本当に脱しつつあるんだってな。なんだ、その……おじいさんのことでいろいろあったろ」

ぼくのことだ。それをどう言えばいいのか、だれも知らない。

「急性ストレス反応です」

「何だって?」

「それがぼくの症状でした。でしたと言うか、ですと言うか。わからないけど」

「それはよかった。話を聞けてよかった」ボビー伯父さんは不愉快なことをすべて払いのけるかのように、手をふった。「そこで、お母さんと考えていたんだが、今年の夏はタンパに来て、われらが同族会社のことを勉強してみないか? しばらく、本社でわたしと一緒に仕事をするのもいいと思うぞ。棚に商品を補充するほうが好きなら、話はべつだが!」伯父さんの豪快な笑い声に、ぼくは思わず後ずさった。「家に泊まって、週末はわたしや従兄弟たちと魚釣りをしてもいい」それから五分もかけて新しいヨットの話をした。微《び》に入り細《さい》をうがった詳しすぎる説明はいやらしいほどで、まるでそれさえあれば女の子をものにできるとでもいうみたいだ。話し終わると、伯父さんはにやりと笑い、片手を突き出して握手を求めた。「どうだ、ジェイコブ君？」

ぼくは断れる立場ではなさそうだけど、伯父さんや甘やかされた従兄弟たちと夏をすごすくらいなら、シベリアの強制労働収容所のほうがましだ。〈スマートエイド〉の本社で働くのは、たぶん将来的には避けられないことだろう。けど、会社という檻に閉じこめられる前に、少なくともあと二、三回の自由な夏と四年間の大学生活は体験できると思っていた。なんとかうまい断り方はないかと考えたが、結局こう答えていた。「今は、ぼくの精神科医が賛成してくれるかどうかわかりません」

ボビー伯父さんは濃い眉毛をぎゅっと寄せた。そして、あいまいにうなずき、「そうか、うん、それもそうだな。じゃあ、状況次第ということにしよう。それでいいな？」と言うと、ぼくの返事も待たず、部屋の向こう側にまた肘をつかむべき人物がいるかのように去っていった。

プレゼントを開ける時間よ、という母さんの声がした。母さんはいつも、ぼくにみんなの前でプレゼントを開けさせる。これが問題だった。前にも言ったと思うが、ぼくは嘘がうまくない。それはつまり、その人がだれかからもらったカントリーミュージックのクリスマスソングのCDや、「フィールド・アンド・ストリーム」誌の定期購読――レス伯父さんは、ぼくのことを〝アウトドア好き〟だと何年も誤解している――というプレゼントに対して、うれしそうな顔をするのが下手ということだ。それでも何とか礼儀正しく笑顔を作り、包装から出てきたつまらないものを、みんなにもちゃんと見せる作業をつづけた。やがてリビングテーブルの上のプレゼントの山は残り三つになった。

ぼくはまず、そのうちのいちばん小さいプレゼントに手を伸ばした。中身は、両親が四年使っている高級セダンの鍵だった。両親は新しい車を買うことにしたので――母さんがそう説明した――ぼくが古い車を譲り受けることになったのだ。初めての車だ！　みんなは「おお」とか「まあ」とか感心しているが、ぼくは顔がほてってきた。リッキーの前で、こんな贅沢《ぜいたく》なプレゼントをもらうなんて、ばつが悪くてしょうがない。リッキーの車は、ぼくが十二歳のときの小遣いより安い。親はいつもぼくに経済感覚を身に着けさせようとしているみたいだけど、その効果はまったく上がっていない。贅沢な生活をしていれば、金のことなんか気にするわけがない。

次のプレゼントは、去年の夏、ずっと親にねだっていたデジタルカメラだった。

「やった」ぼくは手のなかで重みを確かめた。「すごい」

「今、鳥に関する新しい本を書こうと考えているんだが」父さんが言った。「おまえに写真を撮ってもらえるかもしれないと思ってね」

「まあ、新しい本！」母さんが感嘆の声を上げる。「素晴らしいわ、フランク。そういえば、あなたが最近書いていた本はどうなったの？」ワインを二、三杯飲んでいるのは明らかだ。

「まだ、何カ所か書き直しているところでね」父さんは穏やかに答えた。

「ほう、それはそれは」ボビー伯父さんのせせら笑いが聞こえてくる。

「よし！」ぼくは声を張り上げ、最後のプレゼントに手を伸ばした。「スージー伯母さんからだよね」

「じつは」ぼくが包装紙を破り始めると、伯母さんが言った。「あなたのおじいさんからなのよ」

包装紙を破っていた手が、そのまま止まる。室内はしんと静まりかえり、だれもがスージー伯母さんのことを、まるで悪霊《あくりょう》の名前でも口走ったかのように見つめている。父さんの口元がこわばり、母さんはワインの残りをぐっと飲んだ。

「開けてみて」とスージー伯母さん。

残りの包装紙をはぎとると、ハードカバーの古い本が出てきた。ページの隅が折れ、カバーはなくなっている。タイトルは『ラルフ・ウォルド・エマーソン選集』。ぼくは中身を透かしてみようとするかのように表紙を見つめた。どうしてこんなものが、ぼくの震える手のなかにあるのか理解できない。エイブじいさんの最期の言葉のことはゴラン医師しか知らないし、ぼくが排水管洗浄剤をガブ飲みするぞとか、サンシャインスカイウェイ橋から後方宙返りで飛び下りてやるとか脅さないかぎりは、診察室で話した内容はすべて極秘扱いされると何度も約束してくれた。

ぼくはどうたずねていいかわからない疑問を顔に浮かべて、スージー伯母さんを見た。伯母さんは弱々しい笑みを作って、こう言った。「一緒にあの家を片づけていたとき、あなたのおじいさんの机のなかで見つけたの。本の扉にあなたの名前が書いてあるから、おじいさんがあなたに持っていてほしかったんじゃないかと思って」

ああ、神様、スージー伯母さんにご加護を。やっぱり伯母さんは思いやりのある人

THE

# Selected Works of Ralph Waldo Emerson

*Edited and with an introduction*

by Clifton Durrell, Ph. D.

To Jacob Magellan Portman,
and the worlds he has
yet to discover—

ジェイコブ・マジェラン・ポートマンと、
彼がまだ見ぬ世界へ――

Anthem Books • New York

だった。

「まあ、素敵。あなたのおじいさんが読書家だったとは知らなかったわ」母さんが雰囲気を明るくしようとして言う。「素晴らしいことね」

「そうだな」父さんが忌々《いまいま》しいしそうに言った。「ありがとう、スージー」

ぼくは本を開いた。確かに、タイトルページにエイブじいさんの震える手書きの文字がある。

ぼくは出ていこうと立ち上がった。みんなの前で泣き出しそうだったからだ。そのとき、ページのあいだから何かが床に滑り落ちた。

かがんで拾ってみると、手紙だった。

エマーソン。手紙。

顔から血の気が引くのを感じた。母さんがぼくのほうに身を乗り出して、張り詰めた小声で「お水を飲む?」と聞いた。それは母さんの言葉で〝しっかりしなさい、みんなが見ているのよ〟という意味だ。ぼくは「なんだかちょっと……」と言うと、腹に手を当てて自分の部屋へ走った。

手紙は上質な無地の紙に、カリグラフィーのような美しい丸っこい文字で書かれて

親愛なるエイブへ

この手紙を受け取るあなたが安全で健康であることを祈っています。最後にあなたの便りが届いてから、なんと長い月日がたったことでしょう！　けれど、わたくしがこの手紙を書いているのは、あなたを責めるためではありません。わたくしたちが今でも、折に触れあなたのことを思い、あなたの幸せを祈っていることを知らせたいだけです。わたくしたちの勇敢でハンサムなエイブに！

島での生活は、ほとんど変わりありません。ですが穏やかで混乱のない状況こそ、わたくしたちの好むところです！

ずいぶん長いあいだ会っていないので、わたくしたちが今のあなたを見分けられるかどうかわかりませんが、あなたにはわたくしたちが――まだ残っている数人のことですが――ちゃんとわかりますよね。最近のあなたの写真を一枚送っていただけたら、とてもはげみになります。わたくしの写真を一枚同封します。当然古いものですが。

Eがあなたのことをとても恋しがっています。彼女に手紙を書いてやっていただけませんか？

敬意と称賛をこめて

院長　アルマ・ルフェイ・ペレグリンより

いた。黒いインクは古い万年筆で書いたのか、濃さにむらがある。

約束どおり、手紙を書いた人物は古いスナップ写真を同封していた。

ぼくは写真を電気スタンドの明かりの下へ近づけ、影になっている顔の特徴を読みとろうとしたが、何もわからなかった。とても奇妙な写真だが、エイブじいさんが持っていた写真とはぜんぜん違う。この写真にはインチキがない。ひとりの女性が写っているだけだ。女性はパイプをくわえている。シャーロック・ホームズが使っていたような、優雅なカーヴのパイプだ。ぼくの目はいつもそこに戻ってしまう。

祖父がぼくに探せと言っていたのは、これ？　そうだ、きっと〝エマーソンの手紙〟ではなく、〝エマーソンの本にはさまれた手紙〟のことだ。けど、このペレグリンという女性の院長はだれだろう？　封筒に差出人の住所がないか探してみたが、見つかったのは「ＵＫ、キムリ、ケアンホウム島」という薄れかかった消印だけ。

ＵＫということは、英国だ。子どもの頃に地図帳をよく見ていたから、キムリがウェールズを指していることは知っている。ケアンホウム島は、ミス・ペレグリンが手紙のなかで言っていた島に違いない。ひょっとして、祖父が子ども時代にすごしたのはこの島なのだろうか？

九カ月前、じいさんはぼくに「鳥を見つけろ」と言っていた。九年前には、自分のいた孤児院は一羽の鳥――パイプを吹かすタカ――に守られていると言っていた。七歳だったぼくはその話を言葉どおりに受け取っていたが、写真の女性院長はパイプをくわえていて、名前はペレグリン。ハヤブサ《ペレグリン》はタカの仲間だ。祖父がぼくに見つけてほしいと思っていた鳥は、じつは自分を助けてくれたこの女性――孤児院の院長のことだったのか？　たぶん彼女はその後もずっと島に残り、今では年老い、自分の守ってきた子どもたちのうち大人になっても出ていかなかった何人かの世話になっているのだろう。

初めて、祖父の最期の言葉に奇妙な意味が生まれ始めた。祖父はぼくに、この島へ女性院長を探しに行ってほしかったんだ。祖父の子ども時代の秘密を知っている人がいるとしたら、それは彼女だろう。だが封筒の消印は十五年前だ。彼女がまだ生きているなんて、ありえるだろうか？　ぼくは頭のなかでざっと計算してみた。彼女が一九三九年に孤児院を経営していたとして、当時、仮りに二十五歳だったとすると、今では九十歳代後半になる。

可能性はある――エングルウッドには、もっと高齢でひとり暮らしをして、車の運転をしている老人がいる。それに、もしミス・ペレグリンがこの手紙を書いた後に亡くなっていたとしても、ケアンホウム島にはまだぼくに協力してくれる人たちがいるかもしれない。子ども時代のエイブじいさんを知っている人が、じいさんの秘密を知っている人がいるかもしれない。

わたくしたち――ミス・ペレグリンは手紙にそう書いていた――〝まだ残っている数人〟と。

予想どおり、夏休みの一部をウェールズ沖の小さな島ですごさせてほしいと両親を説得するのは大変だった。ふたりは――特に母さんは――認められない理由をたくさんあげた。費用のこと、夏はボビー伯父さんのところでドラッグストア経営について学ぶ予定があること、父さんも母さんも行く気はないこと、ぼくひとりで行けるはずがないこと。ぼくはうまく反論できなかった。それに、島へ行きたい理由――行かなくちゃいけないと思っているから、という理由――を話したりしたら、今以上に頭がおかしくなったと思われるに決まっている。エイブじいさんの最期の言葉や手紙や写真のことは、両親には絶対言わないつもりだ。そんなことをしたら、病院に放りこまれるのがオチだ。なんとか考えついたまともに聞こえそうな反論は、「家族の歴史についてて、もっと知りたいんだ」とか、説得力ゼロの「チャド・クレイマーとジョシュ・ベルは今年の夏、ヨーロッパへ行くんだって。なのに、どうしてぼくはだめなの?」。そのふたつをなるべく軽い調子で、できるだけ頻繁《ひんぱん》に口にした(一度だけ「うちはお金に困ってはいないようだし」と言って、すぐ後悔した)。だが、うまくいきそうにはなかった。

すると、ぼくを強力に後押ししてくれる出来事が起きた。ひとつは、ボビー伯父さんがぼくと一緒に夏をすごすのを渋りだしたことだ——頭のおかしいやつを家に招きたい人間なんかいるか? というわけで、ぼくの予定表に突然大きな空きができた。次に父さんが、ケアンホウム島が重要な鳥の生息地であることに気づいた。父さんを鳥類学という大失敗に走らせた鳥の全世界の生息数の半分が、そこにいるらしい。父さんはこれから書こうと思っている鳥に関する新しい本の話をよくするようになり、ぼくはその話題が出るたびに全力で応援し、興味があるふりをした。そして最後の大きなひと押しが、ゴラン医師だった。ぼくがほんのちょっと説明しただけで、ゴラン医師はあっさりゴーサインを出してくれただけでなく、ぼくを島へ行かせるように両親を説得してくれたのだ。

「息子さんにとって重要な経験になるかもしれません」ある日の午後、カウンセリングの後でゴラン医師が母さんに言った。「その島は息子さんのおじいさんによって、過度に伝説化された場所です。実際にそこへ行くことは、神秘性を消すのに役立つでしょう。そこが魔法をかけられた不思議な場所などではなく、何の変哲《へんてつ》もない普通の島だということがわかるでしょうし、さらには、おじいさんの幻想的なお話は力を失うはずです。島へ行くことは、現実で幻想を打破する非常に効果的な方法かもしれません」

「この子はもうあんな夢物語は信じていないと思っていたんですけど」母さんがぼくのほうを向く。「そうでしょ、ジェイコブ？」

「うん」

「意識の上では、信じていないでしょう」ゴラン医師は言う。「しかし、今現在、息子さんを苦しめているのは、潜在意識です。悪夢を見せたり不安にさせたりしているのは、潜在意識のほうなのです」

「それで、この子を島へ行かせることが回復の助けになると、本当にお考えなのですか？」母さんはありのままの真実を聞く覚悟をするかのように、眉間《みけん》にしわを寄せて医師を見た。ぼくがするべきこと、するべきでないことに関しては、ゴラン医師の言葉は絶対だ。

「そのとおりです」彼は答えた。

それで決まった。


その後は、驚くべきスピードで進んだ。航空券を買い、日程を決め、計画を立てた。父さんとぼくは六月に三週間島へ行くことになった。長すぎる気がしたが、父さんは島にあるすべての鳥の繁殖地《はんしょくち》を徹底的に調べるには、少なくともそれくらい必要だと主張した。それでもぼくは、どうせ母さんが——丸々三週間も！——と反対すると思っていた。ところが、出発日が近づいてくるにつれて、母さんはだんだん興奮していく。「この家の男がふたり」母さんは満面の笑みでこう言った。「大冒険へ出発するのね！」

母さんの熱意に、ぼくは少し感動していた——のだが、あの日の午後、母さんの電話を聞いてしまった。母さんは友だちに、三週間〝世話の焼けるふたりの子ども〟がいなくなって〝自分の生活を取り戻せる〟と思うとどんなにせいせいするか、声高にしゃべっていた。

ぼくも母さんが大好きだよ——精一杯の嫌味をこめて言ってやりたかったが、母さんはこっちを見ていなかったから黙っていた。母さんのことはもちろん好きだけど、その大きい理由は母親を愛するのは義務だからというだけであって、町で見かけたらうれしくなるような人だからではない。そもそも、母さんは町を歩いたりしない。歩くのは車の買えない貧しい人のすることだ。

学期の終わりから出発までの三週間、ぼくは全力でアルマ・ルフェイ・ペレグリンが存命であることを確認しようとしたが、インターネットには何も出てこなかった。

まだ健在だったら、彼女に電話して、近々そっちへ行くことを知らせたかったのだが、ケアンホウム島の住人のほとんどは電話さえ持っていないことがすぐわかった。島全体で見つかった電話番号はひとつだけ。しかたがないので、その番号にかけてみた。

つながるまで一分近くかかった。シュー、カチッという雑音の後、静かになって、ふたたびシューという音が始まる。通信がはるかかなたへのびていくのが実感できる。ようやく、ツーツー……ツーツー……という耳慣れないヨーロッパ風の呼出音が聞こえてくると、かなり酔っていると思われる男が電話に出た。

「はい、〈ピス・ホール〉！」男は怒鳴った。後ろが騒《さわ》がしい。男子学生寮のパーティーが最大限に盛り上がっているときのようなバカ騒ぎだ。ぼくは名前を告げようとしたが、相手には聞こえていないようだった。

「はい、〈ピス・ホール〉！」男はまた大声で言った。「そっちは？」ところが、ぼくが答えるより早く、相手は受話器を耳から離してだれかに怒鳴った。「黙れっつってんだろ、バカ野郎、今電話――」

そこで回線が切れた。ぼくは耳に受話器を当てたまま、しばらくぼんやりしていたが、やがて電話を切った。かけ直そうとは思わなかった。ケアンホウム島で唯一の電話が〝小便穴《ピス・ホール》〟と呼ばれるいかがわしい場所につながっているとしたら、島のほかの家はいったいどんなところなんだろう？　ぼくの初めてのヨーロッパ旅行は、いかれた酔っ払いから逃げることと、荒磯にフンを落とす鳥たちを眺めることで終わってしまうのか？　たぶん、そうなのだろう。それでも最終的に祖父の謎を解決して、平凡な人生を歩んでいけるのなら、どんなことでも耐えてやる。その価値はあるはずだ。

＊　米国政府が発行する生活困窮者のための食料品割引券

# 第3章

霧が目隠しのように立ちこめている。まもなく到着しますという船長のアナウンスが聞こえたとき、最初は冗談かと思った。揺れるフェリーの甲板から見えるのは、果てしなくつづく灰色のカーテンだけ。ぼくは手すりをつかんで緑色の波を見つめながら、もうすぐぼくの朝食を食べることになりそうな魚のことを考えていた。父さんは、ぼくの隣に立ってシャツ一枚で震えている。ぼくの知っている六月より、ずっと寒くて湿っぽい。三十六時間の過酷な旅で――飛行機三回、乗り継ぎ二回、汚い駅での仮眠、そしてこのいつ終わるとも知れない胃袋をかき回されるようなフェリー――こんなところまで来たかいがあることを祈った。自分のためにも、父さんのためにも。そのとき、父さんが叫んだ。「あれか！」顔を上げると、ぼくたちの前に広がる灰色のキャンバスにそびえ立つ岩壁が見えた。

エイブじいさんの島だ。鳴き声を交わす無数の鳥に守られて、霧のなかに荒涼《こうりょう》と浮かぶ姿は、巨人が造った大昔の要塞《ようさい》のようだ。切り立った断崖を見上げると、上のほうは不気味な雲に隠れて見えない。ここが魔法の島だという話も、それほどばかげているとは思えなくなってきた。

ぼくの吐き気は治まったようだ。父さんの目は頭上を旋回《せんかい》する鳥に釘付《くぎづ》けだ。クリスマスの子どもみたいに走りまわっている。「ジェイコブ、あれを見ろ！」父さんは空飛ぶ点々の集団を指さした。「マンクスミズナギドリだ！」

断崖が近づいてくると、ぼくは水中の奇妙な影に気づいた。手すりから身を乗り出して目をこらしていると、それに気づいた通りすがりの乗組員が言った。「沈没《ちんぼつ》船を見るのは初めてか？」

ぼくは乗組員のほうを向いた。「ほんとに沈没船なんですか？」

「ここら一帯は、船の墓場だ。昔の船長はよく言ったもんさ。『ハートランド岬《みさき》とケアンホウム島のあいだは、昼も夜も船乗りの墓場だ！』ってな」

ちょうどそのとき、かなり水面に近い沈没船のそばを通った。緑の藻《も》に覆われつつある船の輪郭《りんかく》がはっきりわかる。浅い墓から這い出すゾンビのように水中から浮かび上がってきそうだ。「見えるか？」乗組員はその残骸を指した。「Uボートに沈められたのさ」

「このあたりにUボートが来てたんですか？」

「たくさんな。アイリッシュ海全体にドイツの潜水艦がうじゃうじゃいた。もし魚雷にやられた船を全部引き揚げたら、海軍の半分がそろうだろうよ」乗組員は片方の眉毛を大げさに吊り上げると、笑いながら去っていった。

ぼくは沈没船の残骸をたどりながら甲板を船尾へ歩いていったが、やがて残骸は船の航跡の下へ消えていった。島へ上陸するのに登山用具がいるのかなと心配になってきたとき、険しい断崖がゆるやかな斜面になった。船は岬を回って、岩の多い半月形の入り江に入っていく。遠くに見える小さい港に、カラフルな漁船が揺れている。その向こうには、緑の盆地にできた町。丘には羊が点々とたたずむパッチワークのような草地が広がり、丘はかなたで高い尾根へつながっている。そして尾根には、綿でできた防壁のような雲の壁が立ちはだかっている。こんな景色は見たことがない。ドラマチックで美しい。船がエンジン音とともに入り江に入っていくと、ぼくの胸に冒険の小さな興奮がわいてきた。地図では海一面に塗られているところに、新たな島を発見した気分だ。

フェリーが港に停泊すると、ぼくたちは荷物を持って小さな町へ入った。近くで見ると、たいていそうだが、ここも遠くから見たときほど美しくはなかった。白い漆喰《しっくい》塗りの民家は、屋根から突き出したパラボラアンテナ以外は古風な趣《おもむき》で、格子状に延びるぬかるんだ砂利道ぞいに並んでいる。ケアンホウム島は英国本土からかなり遠く、重要な場所でもないので、本土から電線を引く費用を認められず、いやな臭いのするディーゼル発電機があちこちで怒ったスズメバチのようにうなりを上げ、島で唯一の車両であるトラクターのエンジン音と合唱している。町外れには、屋根が落ち、住む人もいない古そうなコテージがいくつもあって、人口が減っているのがわかる。子どもたちは何百年も前からつづく漁業や農業よりは魅力的なチャンスにひかれて、島を出ていくのだろう。

ぼくたちは荷物を引きずって、父さんが宿泊予約をした〈プリースト・ホーム〉という所を探して歩いた。たぶん古い教会を民宿に改装したような簡素な施設で、鳥の観察や手がかり探しに出かけていない時間、寝に帰るだけの場所だろう。地元の人たちに何度か道をたずねたが、困ったような顔で見返されるだけだった。「ここの人たちの言語は英語だよな？」父さんは戸惑いを口に出した。ぼくの手がやけに重いスーツケースで痛くなってきた頃、教会に行き当たった。これで宿が見つかった、と思えたのはなかに入るまでのことだった。確かに改装されていたが、そこはみすぼらしい小さな博物館で、民宿ではなかった。

古い漁網と羊毛を刈《か》るハサミが展示されている部屋に、パートタイムの学芸員がいた。彼はこっちを見ると顔を輝かせたが、ぼくたちがただの迷子だとわかると落胆した。

「あなたがたが探しているのは、おそらく〈プリースト・ホール〉のことでしょう。島で唯一、宿泊できるところですから」

そして弾むようなアクセントで、道順を教えてくれた。なんて楽しい方言だろう。ぼくはウェールズ訛りを聞くのが大好きだ。たとえ言っていることの半分は理解できないとしても。父さんは学芸員にお礼を言って出ていこうと背を向けたが、せっかくとても親切な人が見つかったので、ぼくはもうひとつ聞いてみることにした。

「古い孤児院はどこですか？」

「古い何ですって？」学芸員はいぶかしげに眉を寄せた。

一瞬、ぼくはぎょっとした。違う島に来てしまったのだろうか？　それどころか、孤児院もエイブじいさんの作り話だったら？

「避難してきた子どもたちの施設です。戦時中の施設で、大きな建物だと思うんですけど？」

学芸員は唇を噛んで、けげんな顔でぼくを見つめる。協力するか、手を引くか、迷っているようだ。だが、ぼくを気の毒に思ってくれたらしい。「避難民のことは知らないが、君の言っている場所のことは知っていると思う。島の反対側で、沼地と森を抜けたところにある。わたしなら、ひとりであそこをうろつこうとは思わないね。道から離れすぎると、帰ってこられなくなる——湿った草と羊のフン以外に、崖《がけ》から転落するのをふせいでくれるものは何もないからね」

「それはありがたいことを聞いた」父さんが、じっとぼくを見る。「ひとりで行かないと約束しなさい」

「はい、はい」

「なんだってまた、そんなところに興味が？」学芸員がたずねた。「旅行者向けの地図にも載っていないのに」

「家族の歴史と少々関係がありまして」父さんはドアのそばから離れずに答えた。

「父が子どもの頃、二、三年そこにいたことがあるんですよ」精神科医や死んだ祖父の話は、懸命に避けようとしている。そしてもう一度お礼を言うと、ぼくを急《せ》かして外へ出た。

　学芸員から教わったように来た道を引き返していくと、気味の悪い黒い石像にぶつかった。海で命を落とした島民に捧げられた「待つ女」というタイトルの記念碑《ひ》だ。悲しげな表情で、港の方角へ両手を伸ばして立っている。港は何ブロックも先だが、同じ方角にある〈プリースト・ホール〉は道の真向かいにあった。ぼくはホテルには詳しくないが、ぼろぼろの看板をひと目見て、高級ホテルなみの快適な滞在は期待できないとわかった。看板のいちばん上には大きな文字で〝ワイン・ビール・蒸留酒〟とあり、その下にはもう少し小さめの字で〝おいしいお食事〟と書かれている。いちばん下には、明らかに後から書き足したとわかる手書きの文字で、〝貸し部屋ありま す〟と書かれているが、貸し部屋《rooms》のSが線で消されて単数になっている。ぼくたちは入口へ荷物を引きずっていった。父さんは詐欺《さぎ》とか誇大《こだい》広告とかぼやいている。ぼくは「待つ女」をちらりとふり返り、ひょっとしてだれかが飲み物を持ってきてくれるのを待っているだけなんじゃないのかなと思った。

ぼくたちは戸口から荷物を押しこむと、天井の低いパブの突然の薄暗がりにまばたきした。目が慣れてくると、ぼくは穴《ホール》という名前がここをかなり正確に表現していることに気づいた。鉛枠《なまりわく》の小さな窓からは、テーブルや椅子につまずかずにビールサーバーを見つけられる程度の明かりしか入らない。テーブルは脚がすりへってぐらぐらで、薪《たきぎ》にしたほうがよっぽど利用価値があるように見える。カウンターは半分客でうまっていて、午前中の何時だろうと、さまざまな酔っ払い加減の男が琥珀色の液体の入ったグラスにかがみこみ、黙って祈るように頭を垂れている。

「あんたら、部屋を借りる人だね」カウンターの向こうから、男が握手しようと出てきた。「俺はケヴ。こいつらは常連だ。ほら挨拶《あいさつ》しろ、野郎ども」

「よう」男たちはつぶやいて、それぞれの飲み物に向かって頭を下げる。

ぼくたちはケヴの後から狭い階段をのぼって、続き部屋（ワンルームじゃない！）に案内された。室内は甘めに評価して、普通。寝室がふたつに――大きいほうは父さんが使うと主張した――キッチン兼ダイニング兼リビングの部屋がひとつ――ホットプレートとテーブルと虫に食われたソファがある。トイレは、ケヴによると「ほとんどの時間は使える」らしく、「もし具合が悪くなったら、昔ながらのアレがいつでも使える」と路地裏の簡易トイレを示された。しかも便利なことに、ぼくの部屋から見える。

「そうそう、こいつも必要だろう」ケヴはキャビネットからオイルランプをふたつ持ってきた。「発電機は十時で止まる。ガソリンを取り寄せる値段がバカ高いからな。夜は早く寝ちまうか、蠟燭《ろうそく》とオイルランプと仲良くなるかだ。好きにしてくれ」そして、にやりと笑う。「あんたらが耐《た》えられんほど古臭い生活じゃないといいんだが！」

ぼくたちは屋外トイレもオイルランプも問題ありませんと答えた。楽しそうだし、ちょっとした冒険みたいだ。それからケヴはぼくたちを階下へ連れていき、案内を締めくくった。「食事はぜひここで。まあ、どうせここで食べることになるだろうがね。ほかに食事できる店はないし。電話したいときは、そこの隅に電話ボックスがある。何人か並んでるときもあるがな。なにしろ、ここは携帯電話がほとんどつながらねえし、それが島でたった一台の電話だから。つまり、ここに全部そろってるってわけだ

――島で唯一の飲食店、唯一の宿、唯一の電話！」そう言うと、ケヴはのけぞって大声で長々と笑った。

島で唯一の電話。ぼくは電話ボックスを見て――他人に会話を聞かれないようにドアを閉められる、古い映画に出てくるタイプの公衆電話ボックスだ――あることに気づき、怖くなってきた。これは、古代ギリシャの狂乱《オルギア》的儀式だ。これは、二、三週間前にぼくが島に電話したときに聞こえた乱痴気騒ぎだ。ここが、〈ピス・ホール〉だ。

ケヴは父さんに部屋の鍵を渡した。「何か聞きたいことがあったら、俺がどこにいるかはわかるよな」

「ひとつ質問があります」ぼくは言った。「あの、ピスって――いいえ、〈プリースト・ホール〉ってどういう意味ですか？」

カウンターの男たちがどっと笑った。「はあ？　そんなもん、聖職者《プリースト》の穴《ホール》って意味に決まってんだろ！」ひとりが答えると、ほかの男たちはもっと笑った。

ケヴが暖炉《だんろ》の横のでこぼこした床板のほうへ歩いていく。そこにはやせた犬が寝そべっていた。ケヴは「ここだ」と言って、床にあるドアのようなものを靴で軽く蹴った。「昔、カトリック教徒ってだけで吊るし首にされた時代、聖職者がここに避難してきたんだ。エリザベス女王の家来が追ってきたときは、隠れ家が必要なやつを、俺らがこういう狭くて居心地のいい安全な場所――聖職者の穴《プリースト・ホール》――にかくまってやったのさ」その俺らという言い方に、ぼくは心を打たれた。まるで、そんな昔の島民の知り合いみたいに聞こえる。

「さぞ居心地よかっただろうな！」常連のひとりが言った。「そんなかで、ぽかぽか暖まって泥酔《でいすい》してたんだろ！」

「じゃあ、俺はそのうち、聖職者を殺す連中に暖かくて居心地のいい場所から引きずり出されて、吊るし首にされちまうなあ」べつの客が言う。

「ほら、ほら！」最初の男が言った。「ケアンホウム島に乾杯しようぜ――この岩だらけの島がずっと避難民の砦《とりで》であることを祈って！」

「ケアンホウム島に乾杯！」男たちは声をそろえ、一斉にそれぞれのグラスをかかげた。

時差ぼけと疲労で、ぼくたちは早めに寝た――というか、それぞれのベッドに入って、頭から枕をかぶり、床板の隙間から聞こえてくる騒音を閉めだそうとした。騒ぎはだんだんひどくなり、酔っ払いが部屋に入ってきたのかと思ったこともあった。やがて、十時になったに違いない。急に外の発電機のうなりがとぎれとぎれになって止まったかと思うと、階下の音楽がやみ、さっきまで窓から入ってきた街灯の明かりも消えた。突然、静寂《せいじゃく》と心地よい闇《やみ》に包まれた。自分が今どこにいるのかを思い出させるものは、遠い波の音だけ。

数カ月ぶりに、ぼくは悪夢に悩まされない深い眠りに落ちた。代わりに夢に出てきたのは、少年時代のエイブじいさんが初めてここですごした夜のこと、知らない島で外から来た人間として、知らない屋根の下で、知らない言葉を話す人々に命を救われたことだ。目が覚めると、窓から陽が射していて、ぼくは気づいた。ミス・ペレグリンが救ってくれたのは祖父の命だけじゃない。ぼくや父さんの命も救ってくれたのだ。そして今日、運がよければ、ぼくはついに彼女に感謝することになるだろう。

父さんを探しに階下へ行くと、父さんはすでにテーブルにつき、コーヒーをすすりながら高価な双眼鏡を磨いていた。ぼくがすわると、ケヴが謎の肉とフライドトーストで山もりの皿を二枚運んできた。「油で焼くトーストがあるなんて知りませんでした」とぼくが言うと、ケヴは油で焼いてうまくならないものはないと答えた。

　朝食を食べながら、父さんと今日のプランを話し合った。島のようすを知るための偵察の一日になりそうだ。まずは父さんのバードウォッチングの場所を調べて、それから孤児院を探す。ぼくは早く始めたくて、朝食をかきこんだ。

　油たっぷりの食事で力をつけると、ぼくたちはパブを出た。トラクターをよけたり、発電機の騒音に負けないように大声でしゃべったりしながら町を歩いていくと、やがて野原に出た。騒音が後ろに遠ざかっていく。その日はさわやかで風が強く——巨大な雲堤《うんてい》の後ろに隠れていた太陽もすぐに姿を現し、いくつもの光の柱で丘をまだらに照らした——ぼくは希望がわいて元気になった。ぼくたちは岩の海岸へ向かっている。父さんがフェリーから鳥の群れを見かけた場所だ。けど、どうやってそこまで行くつもりだろう——島は鉢《はち》のような形をしていて、周囲の丘を端までのぼっていくと、いきなり海の上にそそり立つ断崖になっている。ところが、ここだけは傾斜《けいしゃ》がゆるく、細い道が波打ち際の小さい砂洲《さす》まで伸びていた。

　砂洲まで下りていくと、このあたりのすべての鳥が集まっているんじゃないかと思うほどの数の鳥が、羽ばたいたり、鳴いたり、潮だまりで魚を捕ったりしていた。父さんの目がみるみる大きくなる。「素晴らしい」父さんはつぶやいて、石化した鳥のフンの塊をペンの後ろの丸いところでひっかいた。「父さんはしばらくここから離れられない。いいかな?」

父さんのこういう顔は前にも見たことがある。それに、父さんの言う〝しばらく〟が数時間であることも、よくわかっている。「じゃあ、ぼくはひとりで孤児院を探しに行ってくるよ」

「ひとりじゃだめだ。約束しただろう」

「それなら、連れてってくれる人を探すよ」

「どうやって?」

「ケヴなら、だれか知ってると思う」

父さんは海のほうに目をやった。岩山に大きな錆びた灯台が建っている。「もしここに母さんがいたら、どんな答えが返ってくるかわかっているな」

ぼくにどれくらい親の助けが必要かについて、両親はそれぞれ違う意見を持っている。母さんは支配的なタイプで、いつも子どもをそばにいさせようとする。いっぽう、父さんは一歩引いて見守るタイプだ。父さんは、子どもにはときどき自分でミスをすることも必要だと考えている。それに、ぼくを自由にさせれば、父さんは一日じゅう鳥糞石《ちょうふんせき》と遊んでいられる。

「いいだろう」父さんは言った。「だが、だれと行くにしろ、その人の電話番号を必ず連絡するんだぞ」

「父さん、ここには電話を持ってる人なんかいないよ」

父さんはため息をついた。「そうだったな。じゃあ、信頼できる人間としか出かけちゃだめだぞ」

ケヴは用事で外出していた。パブの常連に付き添いを頼むのもどうかと思ったので、せめてまともな職業についている人に聞いてみようと、いちばん近くの店へ行ってみた。ドアには〈魚屋〉と書いてある。ドアを押し開けて入っていくと、血まみれのエプロンをかけたひげの大男を前にして、ぼくは縮み上がった。男は魚の頭を切り落とす作業を中断し、血のしたたる大包丁を持ったまま、こっちをにらみつける。ぼくは、もう二度と酔っ払いを差別しないと誓った。

「何をしにいくんだ？」ぼくが行きたい場所を告げると、男は怒鳴った。「あんなところに行ったって、沼地とひどい湿気しかないぞ」

ぼくは祖父と孤児院のことを説明した。男はカウンターの上に身を乗り出すと、ぼくの靴を見て顔をしかめた。

「ディランなら、おまえさんを連れていけないほど忙しかないだろう」男はそう言って、冷凍庫に魚を並べているぼくと同じくらいの年の少年を大包丁で示した。「しかし、まともな靴がいる。運動靴であそこへ行かせるわけにはいかんからな――泥ですっぽ抜けちまう!」

「え? 本当ですか?」

「ディラン! この客に長靴を持ってきてやれ!」

少年は不満そうにうなって、大げさな身ぶりでゆっくり冷凍庫を閉めると、手を洗ってから乾物類の詰まった壁際の棚にかがみこんだ。

「たまたま、うちじゃ丈夫《じょうぶ》なゴム長も扱ってる。ただし一足買っても、もう一足もらえたりしねえからな!」魚屋は大笑いして、大包丁をサーモンにふり下ろした。魚の頭が血まみれのカウンターを勢いよく滑り、切り落とされた頭を入れる小さなバケツに完璧な着地を決めた。

ぼくは大西洋を横断してまで探しにきた女性に会うためには、少々強請《ゆす》られるくらいしょうがないかと思いながら、父さんにもらった緊急用のお金をポケットから出した。

ゴムの長靴をはいて魚屋を出た。サイズがかなり大きく、スニーカーの上からはいてちょうどいい。しかもかなり重くて、いやいや案内をしてくれる少年についていくのがきつい。

「それで、君は島の学校に通ってるの？」ぼくはディランに追いつこうと小走りになって、たずねた。すごく興味をそそられる――ぼくと同い年の子にとって、ここの生活はどんなものなんだろう？

少年は英国本土の町の名前をつぶやいた。

「どうやって行くの？　フェリーで片道一時間とか？」

「ああ」

それでおしまい。こっちが会話を進めようとすると、さらに短い言葉――つまり無言――が返ってきた。最終的にぼくは会話をあきらめ、ディランについていった。町から出る途中、彼の友だちと出くわした。ぼくたちより年上で、目のくらむような真っ黄色のジャージを着て、まがい物のゴールドチェーンをつけている。ケアンホウム島では、宇宙服くらい場違いに見える。彼はディランと拳をぶつけてから、ワームと名乗った。

「芋虫《ワーム》？」

「芸名なんだ」ディランが説明してくれた。

「俺たち、ウェールズで最高にヤバいラップのユニットを組んでるんだ」とワーム。「俺はエムシー・ワームで、こいつはスタージョン・サージョン。またの名をエムシー・ダーティ・ディランとエムシー・ダーティ・ビジネス、ケアンホウム島のナンバーワン・ヒューマンビートボクサーさ。このヤンキー小僧に俺たちのラップを聞かせてやるか、ダーティ・ディー？」

ディランはいらっとしているようだった。「今っすか？」

「次世代のビートボックスを聞かせてやろうぜ！」

ディランはいやそうな顔をしたが、言われたとおりにした。ぼくは最初、舌を喉《のど》に詰まらせたのかと思ったが、ただ咳《せ》きこんでいるのではなく、リズムがついている――プッ、プッチャー、プップー、プッチャー。それに合わせて、ワームがラップを始めた。

「♪俺はプリースト・ホールで酔いつぶれてえ／おまえの親父は失業手当で入りびたり／ヤバい歌詞《ライム》も、俺にはちょろい／ディランのビートはスパイシー、まるでチキン・ジャルフレジー！」

ディランが中断した。「意味わかんねー。それに、失業手当をもらってるのは、あんたの親父だろ」

「なんだよ、ダーティ・ディー。じゃあ、おまえがやれ！」今度はワームがビートボックスを始め、そこそこのロボットダンスをする。スニーカーが砂利道《じゃり》にめりこんで穴ができていく。「マイクを取れ、ディー」

ディランは困惑しているようだったが、それでもなんとか歌詞を考えた。「♪俺はクールな女《バード》に会った／その名はシャロン／彼女は俺のジャージとスエットにめろめろ／彼女に時間を教えた俺は、時空を旅するドクター・フー／この歌詞《ライム》をひねりだした場所は、そうさトイレ《ルー》！」

ワームは首を横にふった。「トイレ？」

「いきなりだったんだから、しょうがないだろ！」

ふたりはこっちを向いて、ぼくの意見を求める。ふたりともおたがいのラップが気に入らないようだし、ぼくは何と言っていいのかわからなかった。

「どっちかって言うと、ぼくは歌やギターなんかが出てくる音楽のほうが好きなんだよね」

ワームは片手をふって、ぼくの意見を却下《きやつか》した。「こいつは金玉に噛みつかれたって、ドープなライムはわかりそうにねえな」

ディランは噴き出し、ワームと握手やハイタッチや拳を打ち合わせる複雑な挨拶を交わした。

「そろそろ行ける？」ぼくはたずねた。

ふたりはもうしばらくぶつぶつ話をしていたが、それからすぐに出発した。今度はワームも一緒に。

ぼくはいちばん後ろを歩きながら、ミス・ペレグリンに会ったら何と言おうか考えた。きっときちんとしたウェールズの婦人が迎えてくれて、応接間でお茶を飲みながら上品なおしゃべりをして、タイミングを見計らって悪い知らせを伝えることになるだろう。〝ぼくはエイブラハム・ポートマンの孫です。こんなことをお伝えするのは残念ですが、祖父は亡くなりました〃ぼくはそう言うことになるだろう。そして、ミス・ペレグリンが静かに涙をふきおわったら、ぼくは彼女を質問攻めにする。

ディランとワームの後から歩いていくと、細い道は羊が草を食《は》む牧草地を曲がりくねって進み、ぼくは肺が破裂しそうなほどの坂をのぼって尾根までやってきた。てっぺんには濃い霧がうねるように漂い、別世界に足を踏み入れたかのようだった。まるで聖書の世界。霧は神を思わせる。エジプトに災いをもたらしたときのような、比較的軽い怒りのなかにある神だ。尾根の反対側へ下りていくと、霧はさらに濃くなった気がした。太陽は青白いぼんやりとした輝きしかない。すべての物に水分がまとわりつき、ぼくの肌にも水滴ができて、服は湿ってくる。気温も下がっている。しばらくワームとディランを見失ったが、道が平らになったところで、ふたりがぼくを待っていた。

「おい、ヤンキー！」ディランが声を張り上げた。「こっちだ！」

ぼくは素直に従った。ふたりは小道を離れ、じめじめした草地を進んでいく。羊たちが大きなぬれた目でぼくたちを眺めている。毛はぬれて、しっぽは力なく垂れている。霧のなかから小さな家が現れた。ドアや窓はすっかり板でふさがれている。

「本当にこの家？」ぼくは言った。

「空き家《エンプティ》みたいだけど」

「空っぽ《エンプティ》なもんか。なかは糞《くそ》だらけだぞ」とワーム。

「ほら」ディランが言った。「のぞいてみろよ」

ぼくはだまされている気がしたが、とにかくドアへ近づき、ノックしてみた。鍵はかかっていなくて、軽く触れただけでドアが開いた。暗くて見えない。一歩足を踏み入れて驚いた。足が沈みこんだのだ。だがすぐ気づいた。下は土間ではなく、ふくらはぎまでの深さの糞《ふん》の海だったのだ。この粗末な空き家は外から見ると普通の家だが、じつは間に合わせの羊小屋だった。文字通りのあばら家《シット・ホール》――糞の穴《シット・ホール》。

「うわっ！」ぼくはぞっとして叫んだ。

外から爆笑が聞こえてくる。ぼくは悪臭で気絶する前に、よろよろ後ずさってドアから出た。ワームとディランは腹を抱えて笑っている。

「くそっ。だましたな」ぼくはゴム長についた汚いものを落とそうと、足を踏み鳴らした。

「はあ？　ちゃんと言っただろ、なかは糞だらけだって！」とワーム。

ぼくはディランに抗議した。「孤児院を見せてくれる気があるのか、ないのか？」

「こいつ、マジになってやんの」ワームは涙をふいている。

「マジに決まってるだろ!」

ディランの笑顔が消えた。「おまえにおちょくられてると思ってたんだ」

「おちょ……何?」

「からかわれてると思ってたってことさ」

「え、からかってなんかいないよ」

ディランとワームは気まずそうに顔を見合わせ、ディランが小声でワームに何か言い、ワームも小声で何か返した。そしてようやくディランがふり向くと、小道を指さした。「本当にあれが見たいなら、湿地を抜けて森へ入っていけ。大きな古い家だから、見逃す心配はない」

「はあ?　一緒に行ってくれないのか!」

ワームは目をそらした。「俺たちが行けるのは、ここまでだ」

「どうして?」

「ここまでと言ったら、ここまでなんだよ」ワームとディランは背を向け、来た道を引き返し、霧のなかへ遠ざかっていった。

ぼくは選択肢を検討した。しっぽを巻いて、いじめっ子にくっついて町へ戻るか。ひとりで先へ進み、父さんにはだれかについてきてもらったと嘘をつくか。

真剣に四秒考えた後、ぼくは先へ進んだ。


小道の両側には月面のような湿地がどこまでも広がり、遠くは霧にかすんでいる。見渡すかぎり茶色い草と紅茶色の水が広がっているだけで、特徴と言えば、ところどころに見える石を積み上げた山くらいだ。湿地は森にぶつかって唐突に終わっている。骸骨のような木々が細長い枝をぬれた絵筆の先のように上へ伸ばしていて、小道は少しのあいだ、倒木やツタの絨毯《じゅうたん》の下に消えてしまい、あとは信じて進むしかなくなった。それにしても、ミス・ペレグリンのような高齢者が、こんな障害物だらけの道を歩けるものだろうか？　きっと、デリバリーを頼んでいるに違いない。そう思ったものの、この道は何カ月も――ひょっとしたら何年も――人が足を踏み入れていないように見える。

コケでぬるぬるする大きな倒木を乗り越えると、小道は鋭角に曲がっていた。木々がカーテンのように分かれたかと思うと、突然、それが見えた。草に埋もれそうな丘のてっぺんに、霧のなか、ぬっとそびえている。あの家だ。ディランたちが一緒に来るのを断った理由は、すぐわかった。

　エイブじいさんは百回くらいこの孤児院の話をしてくれたが、話のなかでは、そこはいつも明るく幸せな場所だった。大きくて不規則に広がった建物ではあっても、光と笑いにあふれていた。今、ぼくの目の前にある建物は、怪物からの避難場所というより、怪物そのものだ。丘の上から虚《うつ》ろな飢餓《きが》感を抱えて、こちらを見下ろしている。壊れた窓から突き出した木々と、皮膚のように建物を覆う厄介な蔓植物が、ウィルスと闘う抗体のように壁をむしばんでいるようすは、まるで自然そのものが建物に襲いかかっているかのようだ。だが、建物も負けていない。傾こうが、崩れた屋根からぎざぎざの空が見えようが、決然と建ちつづけている。

　こんなに荒れ果てた家でも、まだ人が住んでいる可能性はある――ぼくはそう思いこもうとした。ぼくの暮らしていたところでは、こんな話をちらほら耳にする。町はずれの崩れかかった廃墟《はいきょ》、永遠に閉じられたカーテン、そんな建物にじつは老いた世捨て人が住んでいて、遠い昔からラーメンと切った足の爪を食べて生きながらえてきたのだが、不動産鑑定士とかやる気満々の国勢調査員が入りこんで、哀れな魂がリクライニングチェアで息をひきとっているのを発見するまで、だれも気づかなかった。人は年を取ると住まいの状態を気にしなくなる。家族は何らかの理由で、そういう人を死んだとみなしてしまう。悲しいことだが、実際にあることだ。つまり、気が進もうが進むまいが、ぼくはノックをしなければならない。

なけなしの勇気をかき集め、ぼくは腰まで届く雑草をかきわけて、玄関ポーチへ歩いていった。ポーチのタイルは割れ、木は腐っている。壊れた窓からなかをのぞくと、汚いガラスの向こうに、家具の輪郭がなんとか見えたので、ドアをノックした。一歩引いて、不気味な静寂のなか、ポケットに入れたミス・ペレグリンの写真を手でなでながら返事を待つ。自分がエイブじいさんの孫であることを証明するのに必要かもしれないと思って、持ってきたものだ。だが一分がすぎ、二分がすぎると、この写真が必要になることなどないように思えてきた。

ぼくは庭へ行って、建物のまわりを歩いてべつの入口を探しながら、建物の造りを把握しようとしたが、ほとんど不可能に思えた。角を曲がるたびに、新たなバルコニーや小塔や煙突《えんとつ》が出現する。やがて裏へやってくると、入れそうなところが見つかった。ドアのない、蔓《つる》のからまった戸口が、ぽっかりと黒い口を開けて、ぼくをのみこもうと待っている。見るだけで鳥肌がたったが、不気味な家に悲鳴を上げて逃げかえるために、地球を半周してきたわけじゃない。エイブじいさんが人生で直面してきた数々の恐ろしい体験のことを考えたら、気持ちが固まってきた。もしなかに会うべき人がいるのなら、ぼくが見つける。崩れかけた踏み段をのぼって、ぼくは敷居をまたいだ。

戸口を入ってすぐの墓穴のように暗い廊下に立って、凍りついた。目の前にあるのは、フックにかけられた皮膚にしか見えない。一瞬、頭のおかしい食人鬼が物陰からナイフを手に飛び出してくるのではないかと思って吐きそうになったが、ただのコートだと気づいた。古びて緑がかったぼろ布になってしまっただけだ。勝手に体が震え、ぼくは深呼吸した。まだ三メートルしか進んでいないのに、すでにちびりそうだ。しっかりしろと自分に言い聞かせると、どきどきしながらゆっくりと前へ進んだ。

どの部屋もめちゃくちゃで、奥へ行くほどひどくなっていく。あちこちに吹き寄せられた新聞。散らばって埃をかぶったおもちゃ――子どもがいなくなって長い年月がたっている証拠だ。窓の近くの壁は、はびこるカビで黒くふわふわになっている。屋根から這《は》い下りてきた蔓が暖炉に巻きつき、エイリアンの触手のように床に広がろうとしている。キッチンは化学の実験に大失敗したかのようだ。棚に置かれた瓶詰はすべて、季節の移り変わりで六十回も凍ったり解けたりを繰り返した末に爆発し、壁に恐ろしい染みをつけていた。落下した漆喰がダイニングの床に分厚く重なったようすは、一瞬、家のなかに雪が降ったのかと思ったほどだ。光に飢えた廊下の突き当たりで、ぐらぐらする階段をそっと踏んでみた。積もった埃にゴム長が新しい足跡をつけていく。階段は長い眠りから覚めたかのようにうめいた。もし上にだれかいたとしたら、その人は相当長い年月そこに閉じこもっていることになる。

最後に、すべての壁がなくなったふたつの部屋に行き当たった。そこには発育不良の木々と下生えの小さな森ができていた。突然のそよ風に、ぼくは立ちつくして考えた。何があったら、こんなにひどい状態になるんだ？　そして、ここで何か恐ろしいことが起きたんだという気がしてきた。祖父から聞いたのどかな話は、この悪夢のような家にはまったくそぐわないし、祖父がここに避難してきたという話も、ここに染みついた大惨事の気配とはまるで合わない。調べる場所はまだあったが、急に時間の無駄に思えてきた。まだここにだれかが住んでいるなんてありえない。そうとう人間嫌いの世捨人《よすてびと》だとしても、ありえない。ぼくはかつてないほど真実から遠ざかった気分で、建物を出た。

# 第4章

跳んだり、つまずいたり、目が見えない人のように手探りで進んだりして、霧の深い森を抜け、ふたたび太陽と光の世界に出てきたとたん、太陽が沈みかけて空が赤く染まっていることに気づいて驚いた。いつのまにか、日が暮れかかっている。父さんがパブで待っていて、テーブルには闇夜のように真っ黒いビールと開いたノートパソコンが置かれていた。ぼくは席にすわると父さんのビールをひったくり、父さんがキーボードから顔を上げるより早く、ぐいとあおった。

「うっわ」ぼくは口いっぱいのビールを飲みこんで、まくしたてた。「何これ？　発酵したモーターオイル？」

「そんなものだ」父さんは笑いながら答えると、ビールをさっと奪い返した。「アメリカのビールとは違う。といっても、アメリカのビールがどんな味か、おまえは知らないよな？」

「もちろん知らないよ」本当だけど、ぼくはウインクしてみせた。父さんはぼくのことを、同じ年齢のときの自分みたいにやんちゃで友だちの多い子だと思いたがっている――いつの時代も、もっともありがちな虚像だ。

それから、どうやってあの建物へ行ったのか、だれに連れていってもらったのか、父さんからざっと質問された。嘘をつくいちばん簡単な方法は、作り話をすることではなく、都合の悪いことに触れないことだから、ぼくは見事に切り抜けた。ワームとディランにだまされて羊のフンに足を突っこんだことや、目的地の八〇〇メートル手前でふたりに逃げられたことは、都合よく忘れた。父さんは、ぼくがすでに同じ年頃の少年ふたりと出会ったことを喜んでいるようだ。どうやら、ぼくはそのふたりに嫌われていることも話し忘れたらしい。

「で、その建物はどうだった？」

「ぼろぼろだった」

父さんの顔が曇った。「おまえのじいさんがそこにいた頃から、ずいぶんたっているからな」

「うん。ていうか、あそこに人がいたのはずっと昔だと思う」

父さんはノートパソコンを閉じた。ちゃんとぼくと話をするつもりだ。「それは残念だったな」

「うん、気味の悪いガラクタだらけの建物を探すために、何千キロも旅してきたわけじゃないもんね」

「これからどうする？」

「話をしてくれる人を探すよ。昔、あそこに住んでいた子どもたちに何があったのか、知っている人がいるかもしれない。まだ何人かはきっと生きていると思う。ここにいないとしたら、英国本土に。老人ホームかどこかにいるんじゃないかな」

「そうか。それはいい考えだ」その口調は、まったくそう思っていないようだった。奇妙な間《ま》の後に、父さんはつづけた。「で、どうだ？　ここにいれば、じいさんがどんな人物だったかわかりそうか？」

ぼくは考えてみた。「どうかな。けど、わかるかも。だって、ここは小さい島だし」

父さんはうなずく。「確かに」

「父さんはどうなの？」

「なんというか」父さんは肩をすくめた。「じいさんを理解するのは、とっくの昔にあきらめたよ」

「悲しいな。興味はあった。けど、そのうち、どうでもよくなった」

「興味がなかったの？」

会話が気まずい方向へ向かっているのを感じたが、ぼくはそれでも食い下がった。

「どうして？」

「相手がどうしても心を開こうとしなければ、人は最終的にあきらめる。そうだろ？」

父さんがこういう話をするのは初めてだ。ビールのせいか、家から遠く離れているせいか。ひょっとしたら、ぼくがこんな話を聞かせてもいい年齢になったと判断したのかもしれない。理由はどうあれ、ぼくは父さんに話をやめてほしくなかった。

「けど、エイブじいさんは父さんの父親じゃないか。どうしたら、あっさりあきらめられるの？」

「あきらめたのは、父さんじゃない！」少し声を荒らげると、父さんは気まずそうに下を向き、グラスのなかのビールを回した。「つまり、こういうことだ――エイブじいさんは、父親がどうあるべきかわからなかったんだと思う。それでも、父親になるべきだと思っていたのだろう。兄弟姉妹で戦争を生きのびたのは、自分だけだったから。それでじいさんは、父親としてどうふるまえばいいかわからないという問題を、家にいないことで解決したんだ。狩猟旅行とか、出張とか、いろいろな理由をつけては家を空けた。しかも自宅にいるときでさえ、まるでいないかのようだった」

「あのハロウィーンも?」

「なんの話だ?」

「ほら――あの写真の」

それは家族の昔話で、こんな内容だった。ハロウィーンの日。父さんは四歳か五歳で、まだ仮装してお菓子をもらいに行ったことがなかった。それでエイブじいさんが、仕事から帰ってきたら連れていってやると約束した。父さんはぼくの祖母が買ってきたおかしなピンクのウサギの衣装を着せられ、私道にすわって祖父の帰りを待っていた。五時から日が暮れるまで待っていたが、祖父は帰ってこなかった。それで怒った祖母は、どれだけひどいことをしたか祖父に見せるために、道端で泣いている父さんの写真を撮ったのだ。言うまでもなく、その写真は昔から家族のあいだで伝説となっ

JUN • 56

ていて、父さんにとってはかなり気まずい写真だった。

「あのハロウィーンだけの話じゃないんだ」父さんは低い声で言った。「本当の話、ジェイコブ、おまえは父さんよりもずっとエイブじいさんと親しかった。よくわからんが——おまえとじいさんのあいだには、言葉では説明できない何かがあった」

ぼくはどう答えていいのかわからなかった。父さんはぼくに嫉妬《しっと》している？

「どうして、そんなことを言うの？」

「おまえは父さんの息子だし、傷ついてほしくないからだ」

「どう傷つくの？」

父さんはしばらく口をつぐんだ。外では雲が流れ、最後の陽射《ひざ》しがぼくたちの影を壁に映している。吐き気がしてきた。ちょうど、親が離婚すると告げようとしているのを、聞かされる前からわかってしまうようなものだ。

「父さんはおまえのじいさんに、あまり深い話を聞いたことがなかった。何を聞かされるか、怖かったんだ」

「戦争のこと？」

「いや。じいさんが戦争の話をしようとしなかったのは、辛い思い出だったからだ。

父さんはそう理解している。今言っているのは、じいさんが出かけてばかりで家にいなかったことだ。そのとき、じいさんがこっそり何をしていたかだ。父さんが思うに――おまえの伯母さんも同じ意見だが――じいさんには、よそに女がいたのだろう。それも、ひとりじゃなかったと思う」

その言葉はしばらく宙に浮いたままになった。ぼくは顔がひきつるのがわかった。

「そんなバカな話ありえないよ、父さん」

「手紙を一通、見つけた。じいさん宛てで、差出人の女性は父さんたちの知らない名前だった。愛してる、早く会いたい、いつ戻ってくるの、といった内容だった。襟《えり》についた口紅みたいな、いかがわしい手紙だ。あれは忘れられない」

ぼくは恥ずかしさでかっと熱くなった。まるで、父さんにぼく自身の過《あやま》ちを指摘されたみたいに。だが、とても信じられなかった。

「その手紙は、破ってトイレに流した。ほかには一通も見つからなかった。たぶん、あれ以来、じいさんは用心深くなったんだろう」

ぼくは何と言っていいかわからなかった。父さんの顔を見ることもできない。

「悪かったな、ジェイコブ。こんな話を聞かされて、辛かっただろう。おまえはじいさんを崇拝《すうはい》していたからな」父さんは手を伸ばしてぼくの肩をぎゅっとつかんだ。ぼくはその手をふりほどいた。そして乱暴に椅子を押しやり、席をたった。

「ぼくはだれも崇拝なんかしてない」

「わかった。父さんはただ……おまえがじいさんのことを調べているときに動揺させたくなかっただけだ」

ぼくは自分の上着をつかんで、肩に引っかけた。

「何をしているんだ？　もうすぐ夕食だぞ」

「父さんはエイブじいさんを誤解してる。ぼくがそれを証明する」

父さんはため息をついた。あきらめのため息だ。「わかった。それを祈っているよ」

ぼくは〈プリースト・ホール〉を飛び出して勢いよくドアを閉めると、どこへともなく歩き出した。ときには、ただ外へ飛び出したいこともある。

父さんの言っていたことは、もちろん本当だ――ぼくは祖父を崇拝していた。祖父については真実であってほしいことがいくつかあるが、そのなかに浮気は入っていない。子どもの頃、エイブじいさんから聞いた奇妙な話は、魔法のような人生を送れるかもしれないと思わせてくれた。ぼくがそんな話を信じなくなってからも、祖父にはどこか不思議なところがあった。恐ろしい経験に耐えたこと、人間の最悪の部分を見せられて人生をめちゃくちゃにされたこと、そういうすべての体験から、ぼくの知っている立派で勇敢《ゆうかん》で善良な人になったこと――それこそが魔法だった。だから、祖父が嘘つきで浮気者で悪い父親だったなんて、とても信じられない。もしエイブじいさんが立派な善人でないとしたら、ほかに立派な善人と言える人なんかいない。

博物館のドアは開いていて明かりがもれていたが、なかに人の気配はなかった。ぼくは学芸員に会いにやってきた。彼が島の人々や歴史について何か知っていたら、空き家になっているあの廃墟と、かつてそこに住んでいた人々のことが何かわかるかもしれないと思ったのだ。学芸員はちょっと出かけているようだったので――客が押し寄せてドアを蹴り破るなんてことはなさそうだ――ぼくはなかに入って、展示物を眺めて時間をつぶすことにした。

壁際やかつて信徒席だったスペースに、扉のないキャビネットが並んでいて、そこに展示物が収められている。ほとんどは伝統的な漁村の生活や畜産業の永遠の神秘にまつわる退屈な展示物だったが、ひとつだけ目を引く物があった。部屋の前方の名誉ある位置で、かつての祭壇の上に置かれた高級そうなケースに入っている。ぼくは前に張られたロープをまたぎ越し、小さな注意書きを読もうともしなかった。ケースの側面はよく磨かれた木製のパネルで、上部がプレキシグラスになっていて、上からしか見ることができない。

なかを見て、ぼくは文字通り息が止まった——しかも一瞬、怪物だと思った！　いきなり黒ずんだ死体と対面したからだ。その縮んだ体は、夢に出てくる生き物にぞっとするほど似ていた。肌の色もそっくりで、串刺しにされて火であぶられたかのようだ。死体が生き返り、ガラスを破ってぼくの首を絞め、心に一生残る傷をつけるようなことはないとわかると、最初のパニックは収まった。どんなに身の毛のよだつ代物《しろもの》でも、ただの博物館の展示物にすぎない。

「おや、〝オールドマン〟と対面したようだね！」後ろから大きな声がした。ふり向くと、学芸員がこっちへ歩いてくるところだった。「ずいぶんしっかりしているじゃないか。大の大人でも気絶することがあるんだよ！」学芸員は笑顔で手を差し出し、ぼくと握手した。「わたしはマーティン・パジェット。確か、先日は君の名前を聞いてないよね」

「ジェイコブ・ポートマンです。これはだれですか？　ウェールズでもっとも有名な殺人事件の犠牲者とか？」

「あはは！　その可能性もあるが、わたしはそう考えたことはない。この島のもっとも古い住人で、考古学界ではケアンホウムマンとしてよく知られている。といっても、われわれにとっては、ただの〝オールドマン〟だけどね。正確には二七〇〇年以上たっているが、彼は十六歳で死んでいる。だから、実際はかなり若い老人《オールドマン》ってことになるね」

「二七〇〇年？」ぼくは死んだ少年の顔をちらりと見た。繊細《せんさい》な顔立ちが完璧に保存されている。「けど、見たところ、すごく……」

「酸素もバクテリアも存在できない場所で老後をすごすと、そうなるんだ。例えば、この島の沼の底とか。そこにはずっと不老の泉が湧いている。ただ、飲めるのは死者にかぎるが」

「そこであなたが見つけたんですか？　沼地で？」

学芸員は笑った。「いやいや、わたしじゃない！　泥炭《でいたん》を切り出す作業員が、大きな石塚のそばで作業中に発見したんだ。七〇年代のことだよ。少年の死体はまったく傷んでいなかったから、彼らはケアンホウム島に逃亡中の殺人犯がいるんじゃないかと考えた。だが、警察が調べたところ、少年の手には石器時代の弓が握られ、首には人毛で作った輪が巻きついていた。現代の人間は、そんなものを作ったりしない」

ぼくは身震いした。「生贄《いけにえ》か何かみたいですね」

「そのとおりだ。この少年は首を絞《し》められ、溺死《できし》させられ、腹を裂かれ、頭部を殴《なぐ》られている。過剰殺傷だと思わないか？」

「そうかも」

マーティンは噴き出した。「そうかも、と来たか！」

「いえ、確かにやりすぎです」

「そのとおりだ。だが、われわれ現代人にとってじつに興味深いのは、この少年が自ら進んで犠牲になったと思われることだ。熱望したといってもいい。彼の民族はきっと、沼地――特にこの島の沼地――は神の世界への入り口であり、もっとも貴重な供え物、つまり自分たち自身を捧げる完璧な場所だと信じていたのだろう」

「どうかしてる」

「わたしもそう思う。しかし、今もわれわれは、あらゆる方法で殺し合っている。それも未来の人々から見れば、どうかしてるんじゃないかな。それに、あの世への扉が開く場所として、沼地は悪くない。完全な海でもなければ、完全な陸地でもなく、その中間の場所だ」学芸員は展示ケースにかがみこんで、なかの遺体を見つめた。「美しいと思わないか？」

ぼくはもう一度見た。首を絞められ、打たれ、溺《おぼ》れ、その過程で永遠の存在になった少年を。

「そうは思えません」

マーティンは背すじを伸ばすと、仰々《ぎょうぎょう》しい口調で話し始めた。「さあ、来たれ。そしてタールマンを見よ！　黒々と永眠した姿、すすの色をした優しい顔、石炭の鉱脈のようなしわの寄った体、流木に干からびたブドウをくっつけたような足！」マーティンは下手な舞台役者のように両腕を広げ、展示ケースのまわりを気取った足取りで歩きだす。「さあ、来たれ。残酷なアートのような彼の傷を目撃せよ！　ナイフで刻まれた渦を巻く曲線、石によってさらけ出された骨と脳、喉に食いこんだままのロープ。切りつけられ捨てられた最初の果実よ——天国を探し求める者よ——青春に囚われた老人よ——わたしは汝《なんじ》を愛していると言ってもよいような気さえするのだ！」

役者のようにおじぎをする学芸員に、ぼくは拍手した。「すごい、自分で考えたんですか？」

「お恥ずかしい！」学芸員は決まり悪そうにほほえんだ。「ときどき詩を作っているんだ。ただの趣味だよ。ともあれ、いい気分にさせてくれてありがとう」

それにしても、この風変わりで話上手な男は、ケアンホウム島で何をしているんだろう？　不思議だ。タック入りのスラックスをはき、微妙な詩を書く。島の住人というより銀行員のようだ。舗装《ほそう》された道路はなく、電話は一台しかない、吹きさらしの島に住んでいる人には見えない。

「さて、ほかのコレクションも喜んでお見せしたいんだが」学芸員はぼくをドアのほうへうながした。「あいにく閉館の時間だ。だが、明日また来てくれれば――」

「じつは、聞きたいことがあったんです」ぼくは追い払われる前に、口をはさんだ。「昨日話した孤児院のことなんですけど、ぼく、見に行ってきたんです」

「なんと！　怖がらせてしまったから、近寄らないだろうと思っていたよ。われわれのお化け屋敷の最近のようすはどうだった？　まだ建っていたかい？」

建っていましたと答えてから、ぼくは単刀直入にたずねた。「あそこに住んでいた人たち――どうなったか知りませんか？」

「亡くなったよ。ずっと昔のことだ」

ぼくは驚いた。いや、たぶん驚くことではないだろう。ミス・ペレグリンは高齢だし、高齢者は亡くなるものだ。だからといって、調査を終わりにするわけにはいかない。「あそこに住んでいた人を探しているんです。女性院長じゃなくても、だれでもいいから」

「みんな死んでしまった」学芸員は繰り返す。「戦争以来、あそこにはだれも住んでいない」

その意味を理解するのに、少し時間がかかった。「どういう意味ですか？　どの戦争のことですか？」

「いいかい？　このあたりで〝戦争〟と言えば、ひとつしかない――第二次世界大戦のことだ。わたしの記憶に間違いがなければ、孤児院の人々はドイツ軍の空襲で亡くなった」

「まさか、そんなはずありません」

学芸員は首を横にふった。「当時、島の向こう側の端、孤児院のある森を通り抜けたところに、高射砲の砲台があったんだ。そのせいで、ケアンホウム島は合法的な軍事目標になってしまった。といっても、ドイツ人にとって〝合法的〟かどうかがそれほど重要だったとは思えないが。とにかく爆弾のひとつが狙いを外して、その結果……」学芸員は首をふった。「不運としか言いようがない」

「そんなはずありません」ぼくはもう一度言ったが、内心は揺らぎ始めていた。

「すわったらどうだい？　紅茶をいれてやろう」学芸員は言った。「具合が悪そうだ」

「ちょっとめまいがするだけです……」

マーティンはぼくを事務室の椅子へ案内し、紅茶をいれに行った。ぼくは頭のなかを整理しようとした。戦時中の爆撃――それなら確かに、壁を吹き飛ばされた部屋の説明がつく。だけど、ミス・ペレグリンからの手紙は？　ケアンホウム島の消印が押されていたが、十五年前のものだった。

マーティンが戻ってきて、ぼくにマグカップを差し出した。「少し〈ペンデリン〉を垂らしてある。秘伝のレシピというやつさ。すぐ落ち着くはずだ」

ぼくはお礼を言ってひと口すすり、秘密の材料がアルコール度数の高いウィスキーだと気づいたときには遅かった。アルコール分がナパーム弾のように食道を落ちていく。「これ、すごく効きますね」ぼくは認めた。顔が赤くなっていく。

学芸員は顔をしかめた。「君のお父さんを呼んでこなくてはいけないようだな」

「いえいえ、大丈夫です。それより空襲のことでほかに話を聞かせてもらえると、うれしいです」

マーティンはぼくの向かいの椅子に腰を下ろした。「そのことだが、ぼくも興味があるんだ。君のおじいさんはここに住んでいたんだろう？　おじいさんは何も言っていなかったのかい？」

「ぼくもそのことが気になっているんです。たぶん空襲があったのは、祖父が島を出た後なんでしょう。その空襲は戦争の終わり頃ですか？　それとも、最初のほう？」

「恥ずかしながら、知らないんだ。もしどうしても知りたければ、知っていそうな人を紹介するよ――わたしの伯父のオギーだ。生まれてからずっとこの島で暮らしている八十三歳だが、頭のほうはまだしっかりしている」マーティンは腕時計に目をやった。「テレビで『テッド神父』が始まる前につかまえれば、伯父は喜んで何でも話してくれるよ」

十分後、学芸員のマーティンとぼくは、オギーのリビングでソファに深々と沈みこんでいた。室内には本やはき古した靴の箱が山と積まれ、カールズバッド洞窟群[*1]をライトアップできるほどの照明器具があるが、プラグを差してあるのはひとつだけ。離島での暮らしは――ぼくにもだんだんわかってきた――人を蒐集魔《しゅうしゅうま》にする。オギーは擦り切れたブレザーにパジャマのズボンという恰好で、まるで来客を待っていたかのように――ただし、まともなズボンをはく価値はない客だが――ぼくたちの向かいでビニールカバーのかかった安楽椅子にすわり、体を揺らしながら話している。話し相手ができてうれしいらしく、天気やウェールズの政治や最近の若者のなげかわしい状態について長々と話しつづける。その後、ようやくマーティンが空襲と孤児院の子どもたちの話題に誘導してくれた。

「もちろん、覚えているとも。変わった連中だった。ときどき町で見かけたよ。世話をする女が一緒のときもあったなあ。子どもたちは、ミルクや薬といった必需品を買いにきていた。『おはよう』と声をかけても、連中はそっぽを向く。そうやって人付き合いを避け、町から離れたあの大きな家で暮らしていた。あの家で何が行われているのか、たくさんの噂があったが、本当のことはだれも知らなかった」

「どんな噂ですか？」

「ばかげた噂ばかりさ。さっきも言ったように、真相はだれも知らなかった。はっきり言えるのは、彼らは普通の孤児じゃなかったということだけだ。バーナード・ホーム[*2]の子どもたちなら、ほかの場所にも出てきて、パレードや何かがあれば町に見に来たり、いつでもおしゃべりしていったりするだろう。だが、あそこの子どもたちはぜんぜん違った。ちゃんとした英語を話せない子までいた。ついでに言えば、そもそも英語自体を話せない子もいたらしい」

「それは、その子たちが本当は孤児ではなかったからです」ぼくは言った。「彼らは外国から避難してきたんです。ポーランドや、オーストリアや、チェコスロバキア……」

「今は、そういうことになっているのか？」オギーは片方の眉を上げてぼくを見た。「おかしいな、そんな話は聞いたことがない」気分を害してしまったようだ。ぼくがこの島のことを彼よりも知っているような態度をとったから、侮辱《ぶじょく》されたと感じたらしい。オギーの椅子の揺らし方が荒っぽくなり、速度も速くなってきた。ぼくの祖父やほかの子どもたちがケアンホウム島でこんな応対をされたのだとしたら、彼らがあの家に閉じこもっていたのももっともだと思う。

マーティンが咳払いをした。「それで、伯父さん、空襲のことは？」

「まあ、あわてるな。そう、あの忌々しいドイツ兵どものことを忘れられるわけがない」オギーはドイツ軍の空襲の脅威にさらされていた頃の島の生活がどんなものだったか、長々と話し始めた。鳴り響くサイレン。必死に防空壕へ急ぐ人々。夜間は有志の空襲警備員が家々を回り、敵のパイロットの恰好の標的にならないようにカーテンがきちんと引かれているか、街灯が消えているか確認する。島民は最善をつくして空襲に備えたが、本当に攻撃されるとは思っていなかった。本土の港や工場のほうが、ケアンホウム島のちっぽけな砲台よりはるかに重要な標的だ。ところがある夜、爆弾の雨が降り始めた。

「ものすごい音だ」オギーは言う。「巨人がドスンドスンと島を横断していくようだった。しかも、いつまでもつづいた。被害は大きかったが、さいわい町ではひとりの死者も出ずにすんだ。しかし、島の砲撃手たちはそうはいかなかった――善戦してはいたがな――それと、あの孤児院のかわいそうな子どもたちも。爆弾一発でおしまいだった。英国にいたせいで死んだんだ、あの子どもたちは。だから、どこの国の出身だろうと、神のお恵みがあることを祈る」

「それはいつのことだったか覚えていますか？」ぼくはたずねた。「戦争の初め頃ですか、それとも終わり頃？」

「日付けまではっきり覚えている。一九四〇年九月三日だ」

部屋の空気が薄くなった気がした。ぼくの脳裏に、祖父の青ざめた顔が浮かんだ。その唇がかすかに動き、まさにその日付けを口にした光景が――一九四〇年九月三日。

「ほんとに――ほんとに間違いないですか？　確かにその日でしたか？」

「わしは戦争で戦った経験はない」オギーは言った。「出征するには年齢が一歳足りなかったんだ。あの夜が、わしの戦争体験のすべてだ。だから、もちろん、間違いない」

ぼくは呆然《ぼうぜん》とした。現実感がない。あまりに変だ。だれかにからかわれているんだろうか？　こんなに不気味で趣味の悪いジョークには、とても笑う気になれない。

「それで、生き残った子はひとりもいなかった？」マーティンがたずねた。

老人は少し考え、視線を天井へ泳がせた。「そう言われてみれば、いたと思う。ひとりだけいた。その子と年はそう変わらなかった」思い出したのか、揺らしていた椅子が止まった。「空襲の翌朝、その少年が町にやってきたんだが、かすり傷ひとつ負っていなかった。仲間がみんなあの世へ旅立つのを見たばかりだろうに、動揺したようすがまるでなかった。それがいちばん奇妙だった」

「おそらく、ショック状態だったんでしょう」とマーティン。

「無理もない」オギーは言った。「その子は一度だけ、口をきいた。わしの父親に、本土行きの船の次の便はいつかとたずねたんだ。すぐ武器を取って、仲間の命を奪った怪物どもを殺してやると言っていた」

オギーの話は、エイブじいさんがよく話していたようなとても本当とは思えない内容だが、ぼくに疑う理由はなかった。

「知っています。ぼくの祖父です」

ふたりは驚いてぼくを見た。「おやおや」オギーが言う。「これはまた奇遇だな」

ぼくはお礼を言って、立ち上がった。具合が悪そうだからパブまで送っていこうとマーティンに言われたが、断った。ひとりで考えたかったのだ。「それじゃ、またすぐ会いにおいで」と言う彼に、ぼくはそうしますと約束した。

帰りは遠回りをして、港の揺れる明かりの前を歩いていった。あたりには潮の香りと、たくさんの暖炉の火から立ちのぼる煙突の煙のにおいが漂っている。ぼくは波止《はと》場《ば》の突端まで歩いていき、海の上に浮かぶ月を眺めながら、あの恐ろしい空襲の翌朝、ここに立っていた祖父のことを思った。祖父はショックで呆然として、仲間が死んだこの島から自分を連れ出してくれる船を待っていた。そして戦争へ、おびただしい死があふれる場所へ旅立った。怪物から逃れられる場所などなかったのだ。地図では砂粒にしか見えないほど小さく、山と断崖と荒い潮の流れに守られたこの島でさえ、安全ではなかった。怪物から逃がれられる場所など、どこにもない。その恐ろしい真実から、祖父はぼくを守ろうとしていたのだ。

遠くで発電機が元気をなくして止まる音がし始め、背後の港ぞいの街灯と民家の明かりが一瞬強く光ったかと思うと、あたりは真っ暗になった。飛行機から見たら、どんなふうに見えるか想像してみる。島が丸ごと、まるで最初から何もなかったかのように忽然《こつぜん》と消えてしまう光景。小さな超新星だ。

月明かりの下を歩いていると、自分が小さくなったように感じる。パブに帰ると、父さんは前と同じテーブルにすわっていた。食べかけの牛肉のグレービーソースがけの脂《あぶら》が、目の前で固まりかけている。「やれやれ、やっと戻ってきたか」ぼくがすわると、父さんは言った。「夕食、とっておいたぞ」

「お腹は空《す》いてない」ぼくはエイブじいさんについてでわかったことを、父さんに話した。

父さんは驚きより怒りを感じたようだった。「信じられない。じいさんは一度もそんな話をしたことがなかった。ただの一度もな」ぼくには父さんの怒りが理解できた。そういうことを祖父が孫に隠していたのと、父が息子に隠していたのとではぜんぜん違う。しかも、これほど長いあいだ。

ぼくは会話を明るい方向へ向けようとたずねた。「すごいよね？　エイブじいさんってすごい経験をしてきたんだ」

父さんはうなずいた。「父さんたちが全貌《ぜんぼう》を知ることは永久にないだろう」

「エイブじいさんは、本当に隠し事がうまかったらしいね」

「そんなもんじゃない。じいさんの心はフォート・ノックス[*3]なみの厳重警備だった」

「けど、それじゃ説明がつかないんじゃないかな。父さんが小さい頃、じいさんがよそよそしかった理由ってなんだろう」父さんの鋭い視線に、ぼくはさっさと言うことを言ってしまうか、もう一歩踏みこむべきだとわかった。「エイブじいさんは、すでに二度も家族を失った。最初はポーランドで、次にここで——家族同様の孤児院の仲間をなくした。だから、父さんとスージー伯母さんが生まれて……」

「一度爆撃されると、火が怖くなる？」

「真面目に言ってるんだよ。二度家族を失っていたと考えたら、じいさんはばあさんをだましていたんじゃなかったと思えない？」

「わからないな、ジェイコブ。物事はそんなに単純なものじゃない」父さんはため息をつき、ビールグラスの内側が息でくもった。「だが、じいさんにまつわる今回のことが何を意味しているかはわかる気がする。おまえとじいさんがあれほど仲が良かった理由だ」

「もう、いいよ……」

「じいさんは家庭を持つという恐怖を乗り越えるのに、五十年かかった。おまえはそのちょうどいい時期に生まれてきたんだ」

　ぼくはどう答えればいいのかわからなかった。父親からあまり愛されていなかったなんて気の毒だね、なんて自分の父親に言えるはずがない。だから、おやすみとだけ言って二階へ上がり、ベッドに入った。

夜は寝返りを打ってばかりいた。手紙のことを考えずにいられなかった。父さんとスージー伯母さんが子どもの頃に見つけた〝よその女〟からの手紙と、ぼくがひと月前に見つけたミス・ペレグリンからの手紙。眠れなかったのは、こう考えてしまったからだ。二通の手紙の差出人が同じ女性だったとしたら？

ミス・ペレグリンの手紙の消印は十五年前のものだったが、どう考えても彼女は一九四〇年に爆撃で吹き飛ばされていたはずだ。そうなると、可能性はふたつ。ひとつは、祖父は死んだ人と文通をしていた。まず、ありえない。もうひとつは、手紙を書いていたのは、じつはミス・ペレグリンではなく、彼女になりすましていただれかだった。

なぜ、別人になりすまして手紙を書くのか？　それは隠していることがあったから。つまり、じいさんと付き合っていた〝よその女〟だったからだ。

この旅で唯一わかったことが、祖父が家族に嘘をついて不倫していたという事実だとしたら？　じいさんは死の間際に、家族同然だった孤児院の仲間の死をぼくに伝えようとしたのか、それとも、数十年におよぶ心やましい不倫を白状しようとしていたのか？　たぶん、その両方だろう。真実はきっとこうだ。若い頃に何度も家族を引き裂かれたせいで、家族を持つことがどういうことか、家族に対してどうしたら誠実でいられるのか、祖父にはわからなくなっていたのだろう。

といっても、全部ただの推測だ。ぼくにはわからないし、教えてくれる人もいない。答えを知っている可能性のある人は、みんなとっくの昔に亡くなっている。二十四時間もたたないうちに、この旅はまったく意味のないものになってしまった。

ぼくは浅い眠りについた。明け方、物音で目が覚めた。寝返りを打ってそっちを見たとたん、がばっと起き上がった。ドレッサーに大きな鳥がとまって、こっちをじっと見下ろしている。灰色の羽毛に覆われたなめらかな頭、木製のドレッサーに当たって硬い音を立てる鉤爪《かぎづめ》。鳥は前後に揺れながら横歩きでドレッサーの端を移動する。まるで、ぼくをもっと近くで見てみようとしているようだ。ぼくは身動きもできず、鳥を見返しながら、これは夢だろうかと思った。

大声で父さんを呼ぶと、その拍子に鳥はドレッサーから飛びたった。ぼくは両腕で顔をかばってさっと転がり、もう一度見てみると、鳥は開いた窓から飛び去っていた。

父さんが充血した目でよろよろやってきた。「どうした?」

ぼくはドレッサーについた鉤爪の跡と床に落ちている羽根を見せた。「驚いた、こいつは奇妙だ」父さんは手のなかで羽根をためつすがめつ見ている。「ペレグリンは普通、こんなに人間の近くには来ないものだ」

ぼくはたぶん聞き間違いだろうと思ってたずねた。「いま、ペレグリンって言った?」

父さんは羽根を目の前にかざした。「ペレグリン・ファルコン《ハヤブサ》のことだ。驚くべき生物――地球上でもっとも速い鳥だ。まるで変身するみたいに、空中で自分の体を抵抗の少ない流線形にしてしまう」その名前は奇妙な偶然の一致にすぎないが、ぼくはぞっとして、その感じはいつまでも残っていた。

朝食を食べながら、ぼくは簡単にあきらめすぎているような気がしてきた。祖父のことを話せる人物は、もうだれも生きていない。それは確かだが、まだ孤児院があるし、なかはほとんど見ていない。もしそこに祖父に関する答えが――手紙や、アルバムの写真や、日記という形で――あったとしても、おそらく数十年前に燃えているか朽ち果てているだろう。それでも、確認せずに島を後にしたらきっと後悔する。

こうして、悪夢や、夜驚症《やきょう》や、戦慄《せんりつ》や、恐怖や、実際には存在しないものが見えてしまうことに異常に影響を受けやすいぼくが、最後にもう一度だけ、住む人のいなくなった、ほぼ確実に幽霊が出そうな、十人以上の子どもたちが早すぎる死を迎えたあの家へ行くことになった。

＊1　米国ニューメキシコ州にある国立公園で、世界最大級の鍾乳洞群

＊2　一八七〇年ロンドンで、バーナードが自宅を開放して作った小規模の孤児院

＊3　訳注：米国ケンタッキー州の軍用地内にある金塊貯蔵庫

# 第5章

ほぼ完璧な朝だった。パブを出るのは、新しいパソコンの壁紙としてダウンロードした修正しすぎた写真に足を踏み入れるような感じだった。芸術的に古びたコテージが遠くまで連なり、その先の緑の草地には、両側が岩の壁になった道が曲がりくねって伸びている。上空には流れていく白い雲。だが、そういったものすべて――民家や、草地や、小さな綿あめのように頼りなさげに歩く羊たち――の向こうに、かなたの尾根をなめている濃霧が見える。そこはこの世の果てであり、あの世が始まる場所。太陽のない冷たく湿った世界だ。

尾根を越えたところで、いきなり雨になった。例によって、ぼくはゴム長を忘れてきた。小道はあっというまに深いぬかるみのリボンと化していく。だが、少しくらいぬれたって、午前中に二回この丘を登るよりはずっとましだ。ぼくは降りしきる雨のなか、頭を低くして進んだ。じきにあの粗末な空き家の前を通り、寒さをしのごうとなかで身を寄せ合う羊たちの姿がぼんやりと見えた。そして霧と静寂に包まれた気味の悪い沼地に出た。ふと、ケアンホウム島博物館の二七〇〇歳の少年を思い出し、こういう沼地にあの少年のような人があと何人、発見されることなく死の世界に囚われているのだろうと思った。いったい何人の人々がここで命を絶って天国へ旅立ったのだろう。

最初は小降りだったが、孤児院に着く頃にはどしゃぶりになっていた。獰猛《どうもう》な草木のはびこる庭をぶらついたり、建物の恐ろしい佇《たたず》まいを気にしたりしている暇《ひま》はない。ドアのない戸口に飛びこむと、まるで呑みこまれたような気がして、雨でふやけた廊下の床板が靴の下で少しへこんだが、あまり考えないようにする。ぼくはシャツをしぼり、頭をふって髪の水を払い、これくらいで我慢するかと思える程度——ほとんど変わらないが——になったところで捜索を開始した。何を探せばいいのかはわからない。手紙の入った箱？　壁に落書きされた祖父の名前？　そんなものは、とても見つかりそうにない。

うろうろ歩きながら、くっついてかたまっている古新聞を一枚一枚はがしてみたり、椅子やテーブルの下をのぞいたりした。ぼくは恐ろしい事件現場を発見してしまうところを想像した——黒く焼けこげたぼろ布をまとった骸骨《がいこつ》の山とか——だが見つかったのは、屋内というより屋外といったほうがふさわしい部屋の数々だった。湿気と風と積もった埃《ほこり》で、室内の特徴はすっかり消えている。一階は絶望的だった。そこで階段へ戻った。今回はこれを使わなくてはならない。ただ、ひとつ疑問がある——上へ行くか、下へ行くか。上に行く場合の問題は、（不法占拠者とか、死体泥棒とか、ぼくの不安が考えつくあらゆるものから）すばやく逃げる手段が限られていることだ。二階の窓から飛び降りるほかない。地下へ行くにしても、同じ問題がある。しかも暗闇という問題が加わるうえに、懐中電灯は持ってきていない。というわけで、二階へ行くことにした。

階段はぼくの体重に、きしみと振動のシンフォニーで抵抗したが、なんとか持ちこたえてくれた。二階は——少なくとも、大打撃を受けた一階にくらべれば——タイムカプセルのようだった。はがれた壁紙で縞《しま》模様になった廊下にそって並ぶ部屋は、驚くほど状態がよかった。壊れた窓から雨が入ってカビが広がっている部屋がひとつふたつあるものの、ほかは少し埃を払えば新品に見えそうな物があふれていた――椅子の背に無造作にかけられた白カビの生えたシャツ、ナイトテーブルに散らばる小銭。何もかも、子どもたちが出ていったときのままになっているのだろう。まるで、子どもたちの死んだ夜に時間が止まってしまったかのようだ。

ぼくは部屋から部屋へ移動しながら、なかに残された物を考古学者のように調べていった。箱のなかで朽ちかけている木のおもちゃ。窓枠に残されたクレヨンは、一万回の午後の光にさらされて色あせている。ドールハウスの人形は、飾りたてられた監獄の終身刑囚と化している。小さな図書室では、忍び寄る湿気に本棚がたわみ、ゆがんだ笑顔を作っていた。ぼくは読む本を選ぶように、はげかけた本の背を指でなぞっていく。『ピーター・パン』や『秘密の花園』といった古典や、歴史に忘れ去られた著者による歴史の本、ラテン語とギリシャ語の教科書。部屋の隅には、いくつかの机が円形に並べられている。ここは教室で、ミス・ペレグリンが先生だったのだろう。

両開きの重いドアを開けようとドアハンドルをひねってみたが、ドアが湿気で膨張《ぼうちょう》して動かない――ぼくは助走をつけて、肩からドアに体当たりした。ドアは耳障《みみざわ》りな音とともにあっさり開き、ぼくは隣の部屋に顔から突っこんでしまった。起き上がってまわりを見ると、ミス・ペレグリンの部屋だと気づいた。『眠れる森の美女』のお城にある部屋みたいだ。壁の燭台《しょくだい》に立てられた蠟燭《ろうそく》にはクモの巣がかかり、鏡付きの化粧台にはクリスタルの瓶が並び、大きなオーク材のベッドがある。ぼくは、彼女が最後にここですごしたときのことを思い浮かべた。真夜中、空襲を知らせるサイレンにあわててシーツから這い出し、子どもたちを集めるミス・ペレグリン。みんな寝ぼけまなこでコートをつかんで、階下へ急いだのだろう。

怖かったですか？　ぼくは思った。爆撃機が近づいてくる音が聞こえましたか？　妙な感じがしてきた。だれかに見られている。あの子どもたちがまだここにいて、沼地に沈められた少年のように壁のなかに閉じこめられている姿を想像してしまう。壁の割れ目や節穴からこっちをのぞいているような気がする。

ぼくはふらっと次の部屋に入った。窓から弱い光が射している。パウダーブルーの壁紙が破れて花びらのように垂れ下がり、その下にあるふたつの小さいベッドには埃っぽいシーツがまだかかっている。ぼくにはなぜか、ここが祖父の部屋だとわかった。

エイブじいさん、どうしてぼくをここに来させたの？　ぼくに見せたかったものは何？

そのとき、一台のベッドの下に何かあることに気づき、膝をついてのぞいてみた。古いスーツケースだ。

これ、エイブじいさんのもの？　最初の人生を失いかけていたとき、両親を見た最後の日に電車に持ちこんだスーツケース？

ぼくはそれを引っぱり出して、ぼろぼろの革紐《かわひも》をほどいた。スーツケースは簡単に開いた——が、甲虫《こうちゅう》の一家の死骸があるだけで、空っぽだった。

自分も空っぽになった気がした。それに体が妙に重い。地球の自転の速度が変わり、重力が強くなって、床のほうへ引っぱられている気がする。急に激しい疲労に襲われて、ぼくはベッドに——たぶん祖父のベッドに——すわりこむと、なぜか自分でも説明できないが、汚いシーツの上に大の字に寝て天井を見つめた。

夜ここに寝そべって、何を考えていたの？　じいさんも悪夢を見たの？

ぼくは泣きだした。

両親が亡くなったとき、わかった？　両親があの世へ旅立つのを感じた？

ぼくはもっと激しく泣いた。泣きたくないのに、止まらない。

止まらないので、次々に悪いことを考えた。どんどん気持ちがたかぶり、激しく泣きじゃくって、嗚咽《おえつ》の合間に必死で息をしなければならなくなった。ぼくは曽祖父母が飢えて死んでいくさまを考えた。遺体は焼却炉に入れられた。自分たちの知らない人々から憎まれていたからだ。この家の子どもたちは、不注意なパイロットがボタンを押したせいで、爆弾に焼かれ、吹き飛ばされた。じいさんは家族を奪われ、そのせいでぼくの父さんは父親のいない家庭で育ったような気持ちにさせられた。そして今、ぼくは極度のストレスと悪夢に悩まされ、朽ちかけた家にひとりすわって泣きじゃくり、涙でシャツをぬらしている。すべては、七十年物の心の傷のせいだ。それがどういうわけか、負の遺産のようにぼくに引き継がれたのだ。しかも、ぼくは怪物と戦うこともできない。すでに怪物はみんな死んでいて、殺すことも、罰することも、どんな報いを受けさせることもできない。少なくとも、祖父は軍隊に参加して怪物と戦うことができた。けど、ぼくにはいったい何ができる?

泣きやむと、頭ががんがんしていた。ぼくは目を閉じ、ほんの一瞬でも痛みを止めようと目に拳《こぶし》を押し当てた。それからようやく手を下ろして目を開けると、部屋全体が驚くほど変化していた。窓から一本の光が射している。立ち上がって、割れた窓ガラスから外を見ると、お天気雨が降っていた。この不思議な気象には、だれも納得できないような名前がある。母さんは――冗談ではなく――〝孤児の涙〟と呼ぶ。それから、リッキーはこう言っていた――悪魔が妻を殴ってる！　思い出して笑ったら、少し気分がよくなった。

やがて、部屋に射しこんでいた光が次第に薄くなっていった。ぼくは、さっきは気づかなかったものに気づいた。トランクだ――というか、その角が――もうひとつのベッドの下からのぞいている。ぼくは近づいて、トランクをほとんど隠しているシーツをめくってみた。

それは大きな古いスチーマートランク[*1]だった。錆びついた大きな南京錠がかかっている。これが空っぽのはずがない。空のトランクに鍵をかけるやつなんかいるか？　トランクは明らかに〝開けて！〟と叫んでいる。〝秘密がいっぱい詰まってるよ！〟

ぼくはトランクの側面に手をかけて引っぱった。動かない。もう一度、もっと強く引っぱったが、びくともしない。ただ重いからなのか、何十年もかけて積もった埃と湿気で床にくっついてしまったからなのか、わからない。立ち上がって二、三度トランクを蹴ってみると、衝撃で床からはがれた感じがした。そこでトランクの片側をつかんで引っぱり、次に反対側をつかんで引っぱりを繰り返し、ストーヴや冷蔵庫を動かす要領でなんとかベッドの下から引っぱり出した。床には)(の形の傷がいくつも残った。南京錠を思いきり引っぱってみたが、錆だらけなのにびくともしない。ちらっと、鍵を探してみようかと思ったが――このどこかにあるはずだ――探すのにどれだけ時間がかかるかわからないし、南京錠は腐食が進んでいて、鍵があったところで役に立たないかもしれない。それなら、壊すしかない。

トランクを開けられそうな道具はないか探し回って、ほかの部屋で壊れた椅子を見つけた。ぼくは椅子の脚を一本もぎとると、死刑執行人のように頭の上までふりかぶり、全力でトランクに打ち下ろした。何度も繰り返すうちに椅子の脚が折れ、手には割れた半分が残った。もっと丈夫なものはないかと室内に目を走らせると、すぐにベッドのゆるんだ柵《さく》が目に入った。何度か蹴りつけると、柵は音を立てて床に落ちた。柵の先端を南京錠に押しこみ、柵の反対の端をつかんで後ろに引いてみる。何も起こらない。

ぼくは柵に全体重をかけた。トランクは少しきしんだが、それだけだった。ぼくはトランクを蹴飛ばし、また体じゅうの力をふりしぼって柵を引いた。首の血管を浮き上がらせて、叫ぶ。いいかげんに開けよ、開けって言ってんだろ、ばか野郎! ついに、ぼくのストレスと怒りを向ける対象ができた。死んだ祖父に秘密を明かさせることができないのなら、この古いトランクの秘密を何がなんでも暴いてやる。そのとき柵が滑った。ぼくは床に叩きつけられ、息が止まった。

寝そべって天井を見つめながら、息を整える。いつのまにか〝孤児の涙〟はやんでいて、普通の雨になっていた。いつもより激しく降っている。町へ戻って大型のハンマーか弓鋸《ゆみひこ》を借りてこようかとも思ったが、そんなことをすれば答えたくない質問をされるだけだ。

そのとき、素晴らしいアイデアが浮かんだ。トランクそのものを壊す方法が見つかれば、南京錠なんてどうでもいい。上半身の筋肉が足りないぼくが、そのへんで見つけた物でトランクを殴《なぐ》りつけるより効果的な方法は？　重力だ。ぼくは今二階にいるが、トランクを窓から投げ落とすのは不可能だ。とても持ち上げられない。階段を上がったところの手すりは、ずっと昔に壊れている。なら、トランクを踊《おど》り場まで引きずっていって、そこから落とせばいい。トランクの中身が落下の衝撃に耐えられるかどうかという問題もあるが、少なくとも中身が何かを知ることはできる。

ぼくはトランクの後ろにしゃがんで、廊下へ向かって押した。十センチほど動いたと思ったら、金属製の底の部分がやわらかい床にめりこんで止まり、頑として動かなくなった。ぼくは迷わず反対側へ回り、両手で南京錠をつかんで後ろへ引っぱった。すると一回で一メートル近くも動いてびっくりした。あまり恰好のいいやり方じゃない――しゃがんで尻を床につけて引きずる動作を何度も繰り返さなくてはならないし、引きずるたびに金属と木がこすれる耳障りな高い音が響く。だが、そう長くかからずに部屋から出せた。さらに三十センチずつ引きずって、いくつもの戸口の前を通りすぎ、階段を目指す。廊下に響くリズミカルな音に没頭し、いつのまにか男らしく汗だくになって奮闘していた。

やっとのことで階段の前まで来ると、最後に荒っぽいかけ声とともにトランクを縁《ふち》の方まで引っ張った。もう楽に滑る。何度か押すと、トランクは縁からはみ出して危なげにぐらぐらした。最後にもうひと押しすれば、下へ落ちる。だがトランクが壊れるところが見たかったので――さっきの重労働の報酬だ――立ち上がり、薄暗い下の部屋の床が見えるまで、慎重にすり足で縁まで行った。それから息をつめ、片足で軽くトランクを蹴った。

トランクは一瞬ためらうようにぐらぐらしてから、一気に前へ倒れて落ちていった。

美しいバレエのスローモーションのように回転していく。すさまじい衝突音が響き、建物全体が揺れたように感じた。下から埃がもうもうと舞い上がってくる。ぼくは顔を覆って、埃が来ないところまで廊下を退却しなければならなかった。一分後に戻ってもう一度階段の上から下をのぞくと、見えたのは期待していた割れた木材の山ではなく、床板に開いたトランクの形のぎざぎざの穴だった。トランクは一階の床を突き抜け、まっすぐ地下室へ落ちていた。

階段を駆け下り、湖にはった氷の穴へ近づくように腹這いになって、床に開いた穴の縁へ近づいた。五メートルほど下、舞い上がる埃と暗がりのなかに、トランクの残骸が見えた。巨大な卵のように砕け、その破片が飛び散った床板の切れ端と混ざり合って山になっている。そこかしこに散らばっているのは、小さな紙切れだ。やった。手紙の箱だ！　だがよく目をこらしてみると、紙切れに描かれた形――顔や体――が見えてきて、はっとした。あれは手紙じゃない。写真だ。何十枚もある。とたんにわくわくしてきた。ところが、すぐにその興奮が冷めた。恐ろしいことに気づいたのだ。

地下へ行かなくてはならない。

地下はいくつもの部屋が複雑に入り組んでいて、目隠しをしているのと変わらないくらい真っ暗だった。きしむ階段を下りていき、いちばん下でしばらく立ち止まって目が慣れるのを待ったが、慣れれば見えるような暗さではなかった。ついでに、臭――理科室の薬品戸棚のような奇妙な刺激臭――にも慣れることを期待したが、そんな幸運には恵まれなかった。ぼくはシャツの襟を引っぱり上げて鼻を覆い、両手を前に伸ばして、ひどいことにならないよう祈りながらすり足で進んでいった。

とたんに、つまずいて転びそうになった。ガラスでできた何かが床を滑っていく。悪臭はひどくなるばかりだ。前方の暗闇に何かが潜んでいるのを想像してしまう。怪物や幽霊《ゆうれい》のことは忘れろ――床にべつの穴が開いていたらどうする？　ここで死んだら死体は見つけてもらえないぞ。

そのときふと、ポケットに入れてある携帯電話のホーム画面なら（いちばん近い無線基地局から十五キロ以上離れているが）、光の弱い懐中電灯になると気づいた。ぼくは画面を前に向けて、携帯電話を突き出した。頼りない光では暗闇の奥はほとんど見えないので、床に向けてみる。割れた敷石とネズミの糞《ふん》。横へ向けると、かすかに光が反射した。

一歩近づき、携帯電話を動かしてあたりを照らした。闇のなかから現れたのは、壁一面の棚に並ぶガラス瓶だった。形も大きさもさまざまで、埃にまみれ、濁《にご》った液体にゼリーのようなぶよぶよしたものが浮かんでいる。ぼくは以前、上のキッチンで見た爆発したフルーツや野菜の瓶詰を思い出した。たぶん地下は気温が安定しているせいで、瓶詰も無事だったのだろう。

ところがよく見てみると、中身はフルーツでも野菜でもなく、動物の器官であることがわかった。脳。心臓。肺。眼球。すべて自家製のホルムアルデヒドのようなものに漬けられていて、それが悪臭の元凶だった。ぼくは吐きそうになりながら、よろよろと暗闇へ逃げた。吐き気と当惑が同時に襲ってくる。ここはいったい、なんなんだ？　いかがわしい医学校の地下室とかならともかく、たくさんの子どもがいる施設だったのに。もし、エイブじいさんからこの家がどんなに素晴らしいところだったか聞いていなかったら、ミス・ペレグリンは臓器を採取するために子どもたちを助けていたのではないかと思っていたところだ。

少し落ち着いて顔を上げると、前方でもうひとつ光が見えた。携帯電話の反射ではなく、かすかな自然の光だ。さっき上の床に開いた穴から射しこんでいるに違いない。

ぼくは気合いを入れ、引っぱり上げたシャツを鼻にあてて、心臓に悪い不気味な物の並ぶ壁から離れて進んだ。

光に導かれるまま角を曲がり、天井の一部が崩落した小さな部屋に入った。上の穴から入ってくる陽射しは、床板の破片と割れたガラスの山を照らしている。山からは砂埃が立ちのぼり、カーペットの切れ端がそこかしこに干し肉の断片のようにはりついている。残骸のすぐ下から小さい生き物がカサコソ動く音が聞こえた。さっきの内部崩壊を生きのびた、暗闇に住む齧《げっ》歯類だろう。瓦礫《がれき》の中心には壊れたトランクが転がり、数々の写真が紙吹雪のように周囲に散らばっていた。

槍《やり》のようにとがった木の破片や錆びた釘の刺さった厚板をまたぎながら、ぼくは残骸のなかをゆっくり進んだ。ひざまずいて、残骸の山から救い出せそうなものを拾っていく。レスキュー隊員になった気分で、瓦礫のなかから顔を見つけては救い出し、ガラスや腐った木片を払っていく。心のどこかでは急ぎたがっている——穴の開いた床がいつ崩壊して頭上に落ちてくるかわからない——が、写真を調べるのをやめられなかった。

一見、どれも古い家族アルバムにありそうな写真に見える。ビーチではしゃいだり、裏のポーチでほほえみ返したりしている人々、島のあちこちの景色、そしてたくさんの子どもの写真。ひとりあるいはふたりで、ポーズを取って写っている。スナップ写真もあれば、背景幕の前で撮影されたしゃちほこばった写真もある。被写体は死んだ目をした人形を抱いていて、気味の悪い世紀末のショッピングモールにある写真館で撮影したかのようだ。ゾンビみたいな人形も、子どもたちのおかしな髪型も、子どもたちがにこりともしていないことも不気味だった。しかし心底ぞっとしたのは、写真を見れば見るほど、見覚えがあるような気がしてくることだ。この写真に漂う悪夢のような雰囲気は、祖父の持っていた古い写真――とくに葉巻の箱に隠してあった写真――と共通している。まるで、かつては同じ写真の束に入っていたかのようだ。

例えば、あまりうまくない海の絵を背景にした、ふたりの若い女性の写真。写真自体にはそれほど奇妙なところはないが、薄気味悪いのは、ふたりともカメラに背中を向けていることだ。わざわざ写真館へ行って料金を払って撮ってもらうのに――当時の撮影料は高かった――なぜ、カメラに背中を向けるんだ？　ひょっとしたら、瓦礫の山のなかに、このふたりがこっちを向いている写真があるかもしれない。ただし、顔の代わりに髑髏《どくろ》が笑っているのかも。

ほかの写真は、祖父の持っていたトリック写真によく似ていた。ある写真では、墓地でひとりの女の子が水面に映る姿を見つめているが、水面に映っている女の子はふたりいる。ぼくはエイブじいさんの〝瓶に閉じこめられた女の子〟の写真を思い出した。ただ、この写真に使われている暗室技術には、トリックっぽさがまるでない。べつの写真には、上半身にびっしりとミツバチがたかっているのに、見ているほうが動揺するほど落ち着きはらった若者が写っている。このトリックは簡単そうに見える。祖父の持っていた、大きな岩を持ち上げる少年の写真のようなものだ。岩は石膏でできた偽物に違いない。この写真のミツバチも偽物だろう。

ふとエイブじいさんから聞いた話を思い出し、首の後ろの毛が逆立った。祖父がここで知り合った子のなかに、体内でミツバチの群れを飼っている少年がいたと言っていたのだ。〝口を開けるたびに、ミツバチが飛び出してくるんだ。だがヒューが望まないかぎり、ミツバチは絶対に刺さなかった〟。

こう考える以外、説明がつかない――祖父が持っていた写真は、今ぼくの目の前に落ちている壊れたトランクから持ち出したものだ。だが確信したのは、見世物小屋に出てくるような奇妙な人間の写真を見つけたときだった。マスクをかぶり、フリルの

襟付きの衣装を着たふたりの子どもが、らせんのリボンを食べさせあっているように見える写真だ。いったい何をしているのか、よくわからない。悪夢のネタにしかなりそうにないが、このふたりはなんなんだ、ＳＭ系のバレリーナか？　だが、エイブじいさんがこのふたりの写真を持っていたのは間違いない。ぼくはほんの二、三カ月前、じいさんの葉巻の箱に入っていたのを確かに見た。

これが偶然のはずがない。祖父がぼくに見せた写真——この孤児院で知り合った子どもたちだと、祖父が断言していた写真——は本当にこの家から持ってきたものだったんだ。それじゃ、七歳当時のぼくでもトリックだと思った写真が、じつは本物だった？　写真とともに語られた不思議な話も？　そういうものがどれも真実——言葉どおりの真実——かもしれないなんて、とてもありえない。それでも、あちこちに幽霊がいそうなこの廃墟で、埃っぽい薄明かりのなかに立っていると、ひょっとしたら……という気持ちになってくる。

突然、上で大きな音がした。この家のどこかで何かがぶつかったような音だ。ぼくはびっくりして、手から写真を落としてしまった。

建物が揺れただけだ——自分に言い聞かせた——でなきゃ崩れかけているか！　だ

が、かがんで写真を拾い集めようとすると、またすさまじい音がした。そして一瞬のうちに、上の穴から射していたかすかな光が消え、ぼくは漆黒の闇にしゃがみこんでいた。

足音がして、やがて話し声が聞こえてきた。何を話しているのか懸命に聞き取ろうとしたが、わからない。ぼくは怖くて動けなかった。少しでも動いたら、轟音とともに瓦礫が落ちてきそうな気がする。ばかげた恐怖心だとわかっているが――たぶん、あのしょうもないラッパー少年たちが、またドッキリをしかけているだけだろうけど――心臓が暴走して、動物的な本能が静かにしていろと命令する。

脚の感覚がなくなってきた。血のめぐりをよくしようと、ぼくはできるだけ静かに足を踏みかえた。瓦礫の山から何か小さな物が転がり落ち、その音が静寂のなかでかなり大きく響いた。話し声がやんだ。真上で床板がきしみ、漆喰の粉がぱらぱらと落ちてくる。上にだれがいるのかは知らないが、彼らはぼくの居場所を正確に知っている。

ぼくは息をつめた。

すると、女の子のやさしい声がした。「エイブ？　あなたなの？」

ぼくは夢を見ているんだと思った。女の子がもう一度しゃべるのを待ったが、長いあいだ、雨が屋根を打つ音だけが、どこか遠くで千本の指がコツコツ叩いているように響いていた。やがて、頭上でランタンが灯った。ぼくが首を伸ばしてみると、床に開いたぎざぎざの穴のまわりに六人の子どもたちが膝をつき、こっちを見下ろしていた。

なぜか、その子たちに見覚えがあった。といっても、どこで見たのかはわからない。うっすらとしか覚えていない夢のなかで見たような気がする。いったいぼくは、どこでこの子たちを見たんだろう――それに、どうして彼らは祖父の名前を知っているんだ？

そのとき、わかった。子どもたちの服装が、ウェールズの人にしてもおかしい。そして、青白いにこりともしない顔。目の前に散乱している写真が、穴から見下ろしている子どもたちと同じように、ぼくを見上げている。そうだ！

写真のなかで見たんだ。

さっき話しかけてきた女の子が、もっとよくぼくを見ようと立ち上がった。両手に持ったちかちかする明かりは、ランタンでも蠟燭でもなく、火の玉のようだ。しかも素手で火の玉を抱えている。ぼくはほんの五分ほど前に、彼女の写真を見ていた。写真のなかで、女の子はほぼ同じことをしていた。両手で同じ不思議な光を抱えていたのだ。

ぼくはジェイコブだ、君たちを探していたんだよ。そう言いたいのに、口が動かない。ぼくはただ見つめることしかできなかった。

女の子は不機嫌な表情をしている。ぼくの恰好は悲惨だった。雨でびしょぬれになったうえ、埃をかぶり、瓦礫の山にしゃがみこんでいるのだ。女の子とほかの子どもたちが、床に開いた穴の下で何が見つかるのを期待していたかは知らないが、それがぼくでないことだけはわかった。

子どもたちはひそひそ話し合っていたかと思うと、立ち上がってあっというまにどこかへ行ってしまった。その急な動きに、ぼくのなかの何かがはずれ、また口がきけるようになった。ぼくは大声で呼びかけ、子どもたちが戻ってくるのを待ったが、彼らはすでに床板を踏み鳴らして玄関へ向かっていた。ぼくは残骸のなかを進み、悪臭の立ちこめる地下室を手探りでよろよろと歩いて階段を目指した。ところが一階に上がってきたときには子どもたちは家から消え、彼らが盗んだ陽射しが戻っていた。

ぼくはあわてて外に飛び出し、崩れかけたレンガの踏み段を下りて草地へ行き、声を張り上げた。「待ってくれ！　お願いだ！」だが、子どもたちの姿はない。ぼくは庭と森に目を走らせ、息を切らしながら自分に悪態をついた。

木々の向こうで何かが折れる音がした。ふり返ると、枝の隙間から一瞬、かすかに動くものが見えた――白いワンピースの裾《すそ》。さっきの女の子だ。ぼくは森に飛びこみ、全力で追いかけた。女の子は小道を駆けていく。

ぼくは倒木を飛び越え、頭を下げて低い枝をかわしながら追いかけた。肺が苦しくなる。女の子はぼくをまこうと、小道をはずれて森に飛びこみ、また小道に戻ったりする。とうとう森が終わり、開けた沼地に出た。チャンスだ。もう女の子が隠れられる場所はない――追いつきたければ、走るスピードを上げるだけでいい。ぼくはスニーカーにジーンズだけど、女の子はワンピースだ。勝負にならない。ところが、追いつく寸前、女の子は急に方向を変え、まっすぐ沼地へ飛びこんだ。ついていくしかない。

走れなくなった。地面がやわらかい。足が沈んでいって、ぬかるんだ穴に膝まではまってしまった。ねばっこい泥水がジーンズに染みこみ、脚に吸いつく。それなのに、女の子はどこを歩けばいいかわかっているらしく、どんどん遠ざかっていき、霧のなかへ消えてしまった。彼女の足跡をたどっていくしかない。

女の子にまかれてしまった後、ぼくは足跡をたどっていけばさっきの小道に戻るだろうと思っていた。ところが、足跡はさらに沼地の奥へ進んでいく。やがてあたりは霧に包まれた。もう小道は見えない。ぼくは帰れなくなるんじゃないかと不安になってきて、女の子に呼びかけてみた。ぼくの名前はジェイコブ・ポートマン！　エイブの孫だ！　ひどいことはしない！　だが、ぼくの声は霧と泥に飲みこまれてしまった。

女の子の足跡は石を積み上げたものへつづいていた。まるで大きな灰色のイグルーのようだが、これは石塚《ケアン》だ。新石器時代の墓のひとつで、ケアンホウム島の名前の由来になっている。

石塚はぼくの身長より少し高く、細長い形をしていて、片方の端に出入口のような長方形の穴があった。それが沼地の草むらの上にぬっと建っている。やっとのことでぬかるみから石塚のまわりの比較的固い地面に上がると、長方形の穴は奥へつづくトンネルの入口になっているのがわかった。穴の両側には、複雑な輪やらせん模様が刻まれている。長い年月のあいだに意味がわからなくなってしまった古代の象形文字だ。

〝沼に沈められた少年、ここに眠る〟ぼくは思った。いいや、それより「神曲」のなかの言葉のほうがふさわしいかもしれない――〝ここから入ろうとする者はすべて、希望を捨てよ〟。

だが、ぼくは入っていった。女の子の足跡がそこへつづいていたからだ。石塚のトンネルのなかは狭く、じめじめしていて真っ暗だった。あまりに狭くて、背中を曲げたカニ歩きでしか進めない。ぼくには苦手なものがたくさんあるが、さいわいそのなかに閉所は入っていない。

前方のどこかで女の子がおびえて震えている姿が頭に浮かび、ぼくはトンネルを進みながら彼女に話しかけ、悪意がないことを精一杯伝えようとした。だが、ぼくの声は方向感覚を狂わせるこだまになって、ぴしゃりと自分に返ってくる。無理に奇妙な姿勢をつづけてきたせいで太腿《ふともも》が痛くなり始めたとき、トンネルが広がって部屋になった。相変わらず真っ暗だが、まっすぐ立てるし、横に両腕を伸ばしても壁に触れないくらいの広さがある。

ぼくは携帯電話を出して、また懐中電灯代わりに使うことにした。部屋の大きさはすぐわかった。ちょうどぼくの部屋くらいの広さで、簡素な石の壁でできている――

しかも、完全に空っぽ。さっきの女の子はどこにもいない。

ぼくはその場に立ったまま、いつのまに女の子はいなくなってしまったんだろうと頭をひねった。そのとき、ふとある考えが浮かんだ——当たり前すぎて、気づくまでこんなに時間がかかった自分がバカに思えた。もともと、女の子なんかいなかったのだ。ほかの子たちもみんな、ぼくの勝手な想像だったんだ。子どもたちの写真を見ていたとき、ぼくの脳が作り出したのだろう。そして子どもたちが現れる前の突然の奇妙な闇、あれは一時的な意識喪失《そうしつ》だったんだ。

とにかく、ありえない。あの子どもたちはずっと昔にみんな死んでいる。たとえ生きていたとしても、今も写真が撮られた頃のままでいるはずがない。ただ何もかもがあっというまの出来事で、自分が追っているのは幻じゃないのかと立ち止まって考える余裕がなかったのだ。

ゴラン医師がどう説明するか、簡単に予想がつく——あの家は君にとって非常に感情的負荷の強い場所だから、なかに入るだけでストレス反応が引き起こされたのだろう。まったく、心理学用語を吐きちらす嫌な先生だ。だからといって、ゴラン医師が間違っているということにはならない。

屈辱的な気分で、ぼくは来た道を引き返した。カニ歩きはやめ、なけなしの自尊心を放棄して両手両膝をつくと、トンネルの出口からかすかに見える光へ向かって這い進んだ。上を向くと、この景色を前にも見たことがあることに気づいた。マーティンの博物館にあった、沼に沈められた少年が発見された場所の写真だ。このくさい荒れ地を天国の門と信じていた人々がいたなんて、とても考えられない。しかも、ぼくと同年齢の少年が、天国へ行くために進んで命を捧げるほど強い信念を持っていたなんて。あまりにも悲しく愚かな命の無駄づかいだ。

ぼくは家に帰りたくなった。あそこにあった写真なんかどうでもいい。不可解なことも、不思議なことも、じいさんの最期の言葉も、もううんざりだ。祖父の妄想につきあうことで、ぼくの症状はよくなるどころか悪化した。そろそろ、終わりにしないと。

窮屈《きゅうくつ》な石塚のトンネルからなんとか脱出して外に出ると、光に目がくらんだ。目の前に手をかざし、指の隙間からのぞいたとき、見たことのない世界が目に飛びこんできた。さっきと同じ沼、同じ小道、何もかも同じだが、朗《ほが》らかな黄色い陽射しと鮮やかな青空の光景は、島に来て以来初めてだ。ぼくにとっては、島のこのあたりの特徴となっているまとわりつく霧が、どこにも見えない。しかも暖かくて、さわやかな夏の始まりというより盛夏のようだ。ここではこんなにも急速に天気が変わるのか。

ぼくは重い足取りで、町へ向かって小道を引き返した。沼の泥が靴下に染みこんでくるいやな感覚は無視しよう。不思議なことに、小道はぜんぜんぬかるんでいない――まるで、たった数分で乾いてしまったかのようだ――が、グレープフルーツ大の動物の糞がじゅうたん爆撃のあとのようにたくさん落ちていて、まっすぐ歩くことができない。どうして、来るときにこれに気づかなかったんだ？　午前中ずっと、頭のなかに靄《もや》がかかっていたのだろうか？　それとも、今がその状態なのか？

目の前に伸びる動物の糞のチェッカーボードの道から目を上げたのは、尾根を越えて町に入ろうとする頃だった。そのとき、道端の糞の理由がわかった。今朝は魚や泥炭の塊を積んだトラクターがたくさん港から行き来していた砂利道に、今は馬やラバの引く荷車が走っているのだ。うなるエンジン音の代わりに、小気味のいい蹄《ひづめ》の音が響いている。

常に聞こえるはずのディーゼル発電機の音もしない。ぼくが町を離れていた数時間のうちに、島じゅうのガソリンが切れてしまったのだろうか？　それに、こんなに大きな動物たちを、町の人たちは今までどこに隠していたのだろう？

　それから、なぜみんなぼくを見ているんだ？　ぼくが通りかかると、だれもが手を止め、目を見開いてじろじろ見る。ぼくは他人の目からも頭がおかしい人間に見えているに違いない。そう思いながら自分の体をちらりと見下ろすと、腰から下は泥だけで、上半身は漆喰まみれだった。ぼくは首をすくめ、できるだけ速く歩いてパブへ向かった。そこなら少なくとも、父さんが昼食に帰ってくるまで、いつもの薄暗がりに身を隠せる。父さんが戻ってきたら、すぐに家に帰りたいとはっきり言おう。もし父さんがためらったら、幻覚を見ていたことを白状してしまおう。そうすれば、必ず次のフェリーに乗れる。

〈プリースト・ホール〉はいつもどおり、酔った男たちが泡だつビールグラスにかがみこみ、ぼろぼろのテーブルとみすぼらしい装飾が迎えてくれた。ぼくにとっては、自宅から遠く離れた我が家のような場所だ。ところが階段へ向かうと、知らない声に怒鳴られた。「おい、どこへ行くつもりだ？」

　階段の一段目に片足をかけてふり向くと、バーテンダーがぼくを上から下までじろじろ見ていた。ケヴじゃない。弾丸頭の見たことのない男が顔をしかめている。バーテンダーのエプロンをつけていて、左右が一本につながったぼさぼさの眉毛に、芋虫《いもむし》のような口ひげのせいで、顔が縞《しま》模様に見える。

〝上へ行って荷作りするんです、もし父さんがまだぼくを連れて帰ろうとしなかったら、急病のふりをするつもりです〟と言ってもよかったが、こう答えた。「自分の部屋へ行くだけです」その口調は事実を述べたというより、質問のように響いた。

「ほう、そうかい？」男は飲み物を注いでいたグラスをゴトンと置いた。「おまえにはここが宿屋に見えるのか？」

木のきしむ音とともに常連客たちがスツールを回して、こっちを見る。ぼくは彼らの顔にざっと目を走らせた。知っている顔がひとつもない。

ぼくは今、精神的錯乱《さくらん》状態にあるらしい。そうか、こんなふうになるんだ。といっても、何も感じていなかった。稲妻が見えるわけでも、手のひらが汗ばんでいるわけでもない。自分がおかしいというより、世界のほうがおかしい気がする。

ぼくはバーテンダーに、どうやら行き違いがあるようだと伝えた。「ぼくは父さんと二階に部屋を借りているんです。ほら、鍵も持ってますよ」ぼくはポケットから証拠の鍵を出した。

「見せてみな」男はカウンターから身を乗り出してぼくの手からさっと鍵を取ると、薄暗い光にかざし、宝石商のように目をこらした。そして「こいつはうちの鍵じゃねえ」と言い、自分の服のポケットに鍵をしまった。「さあ、上へ行きたい本当の目的を言え――今度は嘘をつくな！」

ぼくは顔が熱くなるのを感じた。親戚でもない大人から嘘つき呼ばわりされるのは初めてだ。「さっき、言いましたよ。ぼくたちは二階に部屋を借りてるんです！　信じられないなら、ケヴに聞けばいい！」

「ケヴなんて野郎は知らん。それに作り話を聞くつもりはない」男は冷たく言う。「このあたりに貸し部屋なんざひとつもない。上に住んでる人間は俺だけだ！」

ぼくは周囲を見回した。だれかがジョークだよと教えるように笑っているかもしれないと思ったが、常連客たちの表情は硬かった。

「そいつ、アメリカ人だぞ」これ見よがしに大層なひげをたくわえた男が言った。

「軍人じゃねえか」

「バカか」べつの男が言い返す。「よく見ろ。まだガキだろ！」

「けど、そいつの服」ひげの男は手を伸ばし、ぼくのジャケットの袖《そで》をつまんだ。

「こんなのを店で買えるか？　軍人に決まってる」

「いいかげんにして下さい。ぼくは軍人なんかじゃないし、だまそうとしているわけでもない！　誓ってもいい！　ただ父さんを見つけて、荷物をまとめて——」

「アメリカ人だと？　聞き捨てならんな！」太った男が怒鳴った。でっぷりした体をスツールから引きはがし、ぼくとドアのあいだに立つ。ぼくはじわじわとドアへ向かって後ずさっていたところだった。「こいつの発音は怪しい。賭けてもいい、こいつはドイツのスパイだ！」

「スパイなんかじゃありません」ぼくは弱々しく言い返した。「わけがわからないだけです」

「よし」男は笑った。「昔ながらのやり方で、こいつに真実を吐かせようぜ。ロープを使ってな！」

酔っ払いたちから、やれやれと声が上がる。本気なのか、ただからかっているだけなのかぼくにはわからなかったが、それを突き止めるためにここでぐずぐずするつもりはなかった。純粋な本能が、不安で混乱したぼくの頭のなかで叫んだ——逃げろ。店じゅうの酔っ払いに痛めつけてやると脅されなくても、これからどんなひどい目にあうかは簡単にわかる。もちろん、ここで逃げればスパイだと認めるようなものだが、そんなことにかまっていられない。

ぼくは太った男の横をすり抜けることにした。

男はぼくをつかまえようとしたが、動きの鈍い酔っ払いが、死ぬほどおびえた機敏《きびん》な少年をつかまえられるわけがない。ぼくは左へ行くと見せかけて、すばやく男の右をすり抜けた。男は怒声を上げ、残りの連中はスツールから立って飛びかかってきたが、ぼくは軽くかわし、ドアから飛び出すと、明るい午後の陽射しのなかへ駆けだした。

砂利道に足跡をつけながら通りを走っていくと、怒鳴り声は後ろに遠ざかっていった。最初の角を横滑りして曲がり、彼らの視線から逃れると、ぬかるんだ庭を横切った。ニワトリたちが鳴きながら、ぼくの前から逃げていく。次に入った開けた一角では、女たちが古い井戸から水を汲もうと一列に並んで待っていた。ぼくが飛ぶように通りすぎると、それを追って彼女たちの頭がいっせいに動いた。楽しんでいる暇なんかないのに――すいません、〝待つ女〟はどこへ行ったんですか？――という言葉が頭をよぎった。そのとき低い塀が現れた。飛び越えることに集中しなくちゃ。塀に手をつき、両足を上げ、勢いよく飛び越せ。着地したところは馬車の行き来が多く、走ってきた馬車に危うく轢《ひ》かれそうになった。馬の横腹がぼくの胸をかすめ、ぼくのつま先からほんの十センチのところを蹄の跡と轍《わだち》を残して通りすぎたとき、御者《ぎょしゃ》がぼくの母親を侮辱するような言葉を怒鳴った。

何が起こっているのか、さっぱりわからない。わかるのはふたつだけ。自分が正気を失いかけている可能性が高いことと、自分が実際にどういう状態なのかわかるまで他人を避けなくてはならないこと。そのため、ぼくは二列に並んだコテージの裏の路地へ駆けこんだ。隠れる場所がたくさんありそうな路地を通って町はずれへ向かう。駆け足から早歩きにスピードを落とす。泥だらけでびしょぬれのアメリカの少年でも、走っているよりは歩いているほうが注意を引かないだろう。

普通にふるまおうと努力しても、ちょっとした物音や急な動きに飛び上がるほど驚いてしまう。洗濯物を干している女性に会釈《えしゃく》して手をふっても、それまでと同じで、ただじろじろ見られるだけだった。ぼくは歩く速度を上げた。

後ろで変な音がした。ぼくはさっと屋外トイレに隠れて、しばらく待った。半開きのドアの後ろにしゃがんで、壁の落書きに目を走らせる。

――ドゥーリーズは野郎のケツが好き。

――え、マジか？

結局、一匹の犬が甲高い声で鳴く子犬たちを連れて通りすぎ、ぼくはほっと息をついた。少し緊張が解けてきた。勇気を奮い起こし、ふたたび路地へ出る。

髪をつかまれた。声を上げる暇もなく、後ろからさっと手が伸びてきて、喉元に鋭いものを押しつけられた。

「叫んだら、喉を掻《か》っ切る」

声の主は喉に刃物をあてたまま、ぼくを屋外トイレの壁に押しつけ、前に回った。

驚いたことに、パブにいた男ではなかった。あの女の子だ。シンプルな白いワンピースを着て、険しい表情をしている。とてもかわいい顔だが、本気でぼくの喉笛を掻っ切ろうと考えているらしい。

「あなた、何者？」女の子は声をひそめてたずねた。

「ええと……あの……アメリカ人」ぼくは質問の真意がわからず、しどろもどろで答えた。「名前はジェイコブ」

ぼくの首に、さらに強くナイフが押しつけられた。女の子の手は震えている。怖がっているんだ——となると、かなり危険だ。「あの家で何をしてたの？　なぜ、わたしを追いかけてきたの？」

「君と話がしたかっただけだよ！　殺さないでくれ！」

女の子は怖い顔でぼくをにらんだ。「わたしと何の話をしたかったわけ？」

「あの家のこと——あそこで暮らしていた人たちの話を聞きたかったんだ」

「だれに頼まれたの？」

「祖父に。名前はエイブラハム・ポートマン」

女の子の口がぽかんと開いた。「嘘！」目をぎらぎらさせて叫ぶ。「あなたが何者か、わたしが知らないとでも思う？　だまそうとしたって無駄よ！　目を開けなさい——わたしにその目を見せなさい！」

「嘘じゃないよ！　ほら！」ぼくは精一杯目を見開いた。女の子はつま先立ちになってぼくの目をのぞきこむと、地団駄《じだんだ》を踏んで声を荒らげた。「そうじゃなくて、本当の目を見せろと言ってるの！　そんな偽物の目にだまされるわけないでしょ！　エイブを知ってるっていうのも、ばかげた嘘よ！」

「嘘じゃない——それに、これがぼくの目だってば！」ぼくは喉笛にナイフを強く押しあてられて、息が苦しかった。ありがたいことに、ナイフの切れ味が悪いのか、彼女に本気で切る気がないかのどちらかのようだ。「聞いてくれ、ぼくは君が考えているようなやつじゃない」ぼくはかすれた声で訴えた。「証明できる！」

女の子の手が少しゆるんだ。「じゃあ、証明して。できなかったら、そこの草をあなたの血で染めてやる！」

「ここに、ある物が入っている」ぼくはジャケットの内側に手を伸ばした。

そのとたん女の子はさっと飛びのき、動くなと叫んで、ナイフをふり上げた。震えるナイフがぼくの眉間を狙っている。

「ただの手紙だよ！　落ち着いて！」

女の子はナイフをぼくの喉元まで下ろした。ぼくはゆっくりとジャケットからミス・ペレグリンの手紙と写真を出し、女の子に見えるようにかかげた。「この手紙は、ぼくがここに来た理由のひとつだ。祖父からもらったんだ。差出人は〝鳥〟。君たちは院長をそう呼んでるんだよね？」

「こんなもの、何の証拠にもならないわ！」女の子は手紙をろくに見もせずに言った。

「だいたい、どうしてわたしたちのことを、そんなによく知ってるの?」

「だから、祖父から聞いたんだって――」

女の子はぼくの手から手紙を叩き落とした。「でたらめは、もうたくさん!」どうやら、ぼくは痛いところをついたらしい。女の子はしばらく黙りこんだ。腹立たしそうに顔をゆがめているようすは、まるでさっきの脅《おど》しを実行した後、死体をどうするか悩んでいるかのようだ。ところが、死体の処理方法が決まる前に、路地の反対側の端から叫び声が上がった。ふり向くと、パブにいた男たちが棍棒《こんぼう》や農具を持ってこっちに走ってくるのが見えた。

「どういうこと? あなた、いったい何をしたの?」

「ぼくを殺したがっているのは、君だけじゃないんだ!」

女の子はぼくの喉に突きつけていたナイフを下ろし、今度は脇腹に押しつけると、ぼくの襟首をつかんだ。「今からあなたはわたしの捕虜《ほりょ》よ。言うとおりにしなさい。さもないと後悔することになるわよ!」

ぼくは反論しなかった。この情緒不安定な女の子に捕まるのと、よだれを垂らしながら棍棒を持って走ってくる酔っ払い集団に捕まるのとでは、どっちがましなのかわからない。だが、この女の子といれば、少なくとも何らかの答えが見つかる可能性はある。

女の子に小突かれ、よろけながら地面に落ちた手紙を拾うと、ぼくたちは路地を駆け出した。路地のなかほどまで来ると、女の子はぼくを引っぱってすばやく横へ飛びこんだ。干したシーツの下をかがんで走り、金網フェンスを跳び越えて小さなコテージの庭へ入っていく。

「ここに入って」女の子はだれかに見られていないか周囲を見回しながら小声で言うと、泥炭のにおいがする狭苦しいあばら家にぼくを押しこんだ。

なかにはソファで寝ている老犬以外、だれもいなかった。犬は片目を開けてぼくたちを見たが、どうでもいいと思ったのか、また眠りこんだ。ぼくたちは通りに面した窓へ駆けより、窓の横の壁に張りついて耳をすました。女の子は用心深く、まだぼくの腕をつかんで脇腹にナイフをあてている。

一分が過ぎた。男たちの声が次第に遠ざかったかと思うと、また戻ってくる。どこにいるのかよくわからない。ぼくは狭い部屋に目を走らせた。ケアンホウム島の家にしても、あまりに古めかしい。部屋の隅で傾いているのは、手編みのバスケットの山。

麻布に包まれた椅子の前には、大きな鉄製の料理用石炭ストーヴがある。向かいの壁にはカレンダーがかかっているが、薄暗くてここからは数字が読めない。ただカレンダーを眺めていたら、突然、奇妙な考えがひらめいた。

「今、何年?」

黙って、と女の子。

「真面目に聞いてるんだ」ぼくは声をひそめた。

女の子は少しのあいだ、いぶかしげにぼくを見つめていたが、「何の遊びか知らないけど、自分で見てくれれば」と、ぼくをカレンダーのほうへ押しやった。

カレンダーの上半分は白黒の南国の風景写真で、前髪を額のところで切り下げたグラマーな女の子たちが、レトロな水着を着てビーチで笑っている。綴《と》じ目の少し上に印刷されているのは〝一九四〇年九月〟の文字。一日と二日が×で消されている。

ぼくは呆然とした。今朝、目にした奇妙なことをすべて思い出してみる――天気の奇妙な急変、知っているはずの島が今では知らない人ばかりだということ、周囲にある何もかもが古く見えるのに物自体はまだ新しいこと。壁のカレンダーの日付けが本当なら、すべて辻褄《つじつま》が合う。

一九四〇年九月三日。けど、どうして？

そのとき、祖父の最期の言葉のひとつが頭に浮かんだ――〝老人の墓の向こう側〟。今までどうしてもわからなかった言葉だ。幽霊のことだろうかと考えたときもある。祖父が孤児院で知り合った子どもたちは全員亡くなっているから、彼らに会うには墓の向こう側へ行かなければならない、という意味だと思ったのだ。だが、それではまるで詩か何かだ。祖父は現実的なタイプで、比喩《ひゆ》や例えを使うような人じゃなかった。それに説明する時間がなかったから、単刀直入に示したはずだ。〝老人《オールドマン》〟は、地元の人が沼に沈められた少年のことを呼ぶ言葉だ。そして彼の墓はあの石塚。今朝、ぼくは石塚に入って、べつの世界に出たんだ。一九四〇年九月三日の世界に。

そういうすべてのことが頭に浮かんでくるあいだに、部屋が逆さまになったように感じ、膝から力が抜けていくと思ったら、何もかもがかすんでいき、脈打つやわらかい闇に包まれた。


目が覚めると、床に横になって両手を石炭ストーヴに縛りつけられていた。女の子は落ち着かないようすで部屋のなかを行ったり来たりしている。なにやら、ひとりでしきりにしゃべっている。ぼくは薄目を開けて聞き耳を立てた。

「彼はワイトに決まってる」女の子は言う。「それ以外に、あの古い家を泥棒みたいにこそこそ嗅ぎ回っていた理由がある？」

「理由はわからないけど」だれかが答えた。「どっちでもないと思う」つまり、女の子の独り言ではなかったのだ。とはいえ、ぼくが寝ている場所からは、さっきしゃべっていた若い男の姿は見えない。「あいつは自分がループにいることもわかってなかったんだろ？」

「自分で確かめれば」女の子はそう言って、ぼくを指した。「エイブと血のつながった人があれほど何も知らないなんて、考えられる？」

「じゃあ、ワイトだと考えられる理由は？」若い男が聞き返す。ぼくはわずかに頭を動かして室内に目を走らせたが、男の姿はやっぱり見えない。

「エイブの孫のふりをしているワイトかも」と女の子。

目を覚ました犬がとことこ近づいてきて、ぼくの顔をなめ始めた。ぼくは固く目を閉じて無視しようとしたが、犬の舌になめられていると、よだれでべたべたになって気持ち悪い。犬から逃れるために、しかたなく起き上がった。

「あら、だれかさんのお目覚めよ！」女の子は手を叩いて、ぼくに嫌味っぽい拍手をくれた。「さっきの演技は素晴らしかったわ。特に、気絶するところ。あなたが殺人と食人に身を捧げることを選んでしまって、劇場は優秀な役者を失ったわね」

ぼくは潔白を訴えようと口を開け、また閉じた。カップが空中を浮かんでふわふわとこっちにやってくる。

「水でも飲め」若い男の声がした。「院長のところに連れて帰る前に、死なせるわけにはいかないからな」

彼の声は何もない空中から聞こえてくるようだった。ぼくはカップに手を伸ばした。すると、見えない手に小指がかすって、思わずカップを落としそうになった。

「不器用なやつだな」と若い男。

「透明人間なんだ」ぼくは間の抜けた声で言った。

「そのとおり。このミラード・ナリングズになんなりとお申しつけください」

「彼に名前を教えちゃだめでしょ！」女の子が叫んだ。

「そして、こちらはエマ」ミラードはつづける。「ちょっと被害妄想ぎみなんだ。君はとっくに気づいてるだろうけど」

エマは彼を――というか、彼がいるはずの空間を――にらんでいるが、何も言わない。手のなかでカップが震える。ぼくは自分のことを説明しようと、もう一度不器用な挑戦を始めたが、邪魔が入った。窓の外から怒声が聞こえたのだ。

「しーっ！」とエマ。ミラードの足音が窓辺へ移動し、鎧戸《よろいど》を少し開けた。

「何？」エマがたずねた。

「連中が家探ししている」ミラードは答える。「これ以上、ここにはいられない」

「だからって、外に出ていくわけにはいかないわ！」

「いいや、たぶん、出ていける。けど、念のため、俺のノートを確認させてくれ」ふたたび鎧戸が閉まると、テーブルから小さな革装のノートが浮き上がり、空中で開いた。ミラードは鼻歌を歌いながらページをめくっていく。そして少しすると、パタンとノートを閉じた。

「思ったとおり！　あと一分ほど待てば、玄関から堂々と出ていける」

「頭がおかしいんじゃない？」エマが言い返す。「表をうろついてる頭の悪い乱暴な連中は、ひとり残らずレンガの破片を握ってわたしたちを追ってるのよ！」

「俺たちより、これから起こることのほうが重大だったら、話は変わってくるだろ」

ミラードは答えた。「保証する、俺たちにとって、この数時間でいちばんのチャンスが来る」

石炭ストーブに縛《しば》りつけられていた縄が解かれ、ぼくはドアへうながされた。ふたりと一緒にそこにかがんで待つ。すると外から、男たちの怒声よりはるかに大きい音が聞こえてきた。エンジンだ。この音からすると、数十台はある。

「うわ！　ミラード、すごい！」エマが叫んだ。

ミラードはばかにするように鼻を鳴らした。「さっきは、俺の調査なんか時間の無駄だと言っていたくせに」

エマはドアノブに手をかけると、ぼくを見た。「わたしの腕をつかんで。走らないで。何でもないふりをするのよ」エマはナイフをしまってくれたが、ぼくにこう言った。もし逃げようとしたら、もう一度ナイフを見ることになるわよ――そのときは命はないから。

「おとなしくしていれば殺されないって、ぼくにどうしてわかる？」

エマは少し考え、「わかるわけないわね」と言うと、ドアを押し開けた。

外の通りは、人でごった返していた。パブの男たち——近くにいたので、すぐにわかった——だけでなく、しかめっ面の店主や女たち、馬車の御者までが、それまでしていたことをやめ、道路の真ん中に突っ立って空を見上げている。空を、それもあまり高くないところを、轟音を上げるナチスの戦闘爆撃機が完璧なフォーメーションで飛んでいく。ぼくはマーティンの博物館で、こういう飛行機の写真を見たことがあった。展示されていた写真のタイトルは〈包囲攻撃下のケアンホウム島〉。どんなに奇妙に感じるだろう——ぼくは思った——ごく平凡な午後に突然、敵の死の兵器の影に覆われて、今にも火の雨が降ってきそうな状況になるなんて。

ぼくたちはなるべくさりげなく通りを横断した。エマはぼくの腕をがっちりつかんだままだ。こちら側の路地に入ろうとしたとき、ついに見つかった。怒鳴り声にふり向くと、パブの連中がこっちへ向かってくるところだった。

ぼくたちは走った。路地は狭く、馬小屋が並んでいる。路地の真ん中あたりまで来たとき、ミラードの声が聞こえた。「俺は残って、やつらにいっぱいくわせてやる。今からきっかり五分半後にパブの裏で落ち合おう！」

ミラードの足音が後ろへ遠ざかっていった。ぼくたちが路地の端まで来ると、エマ

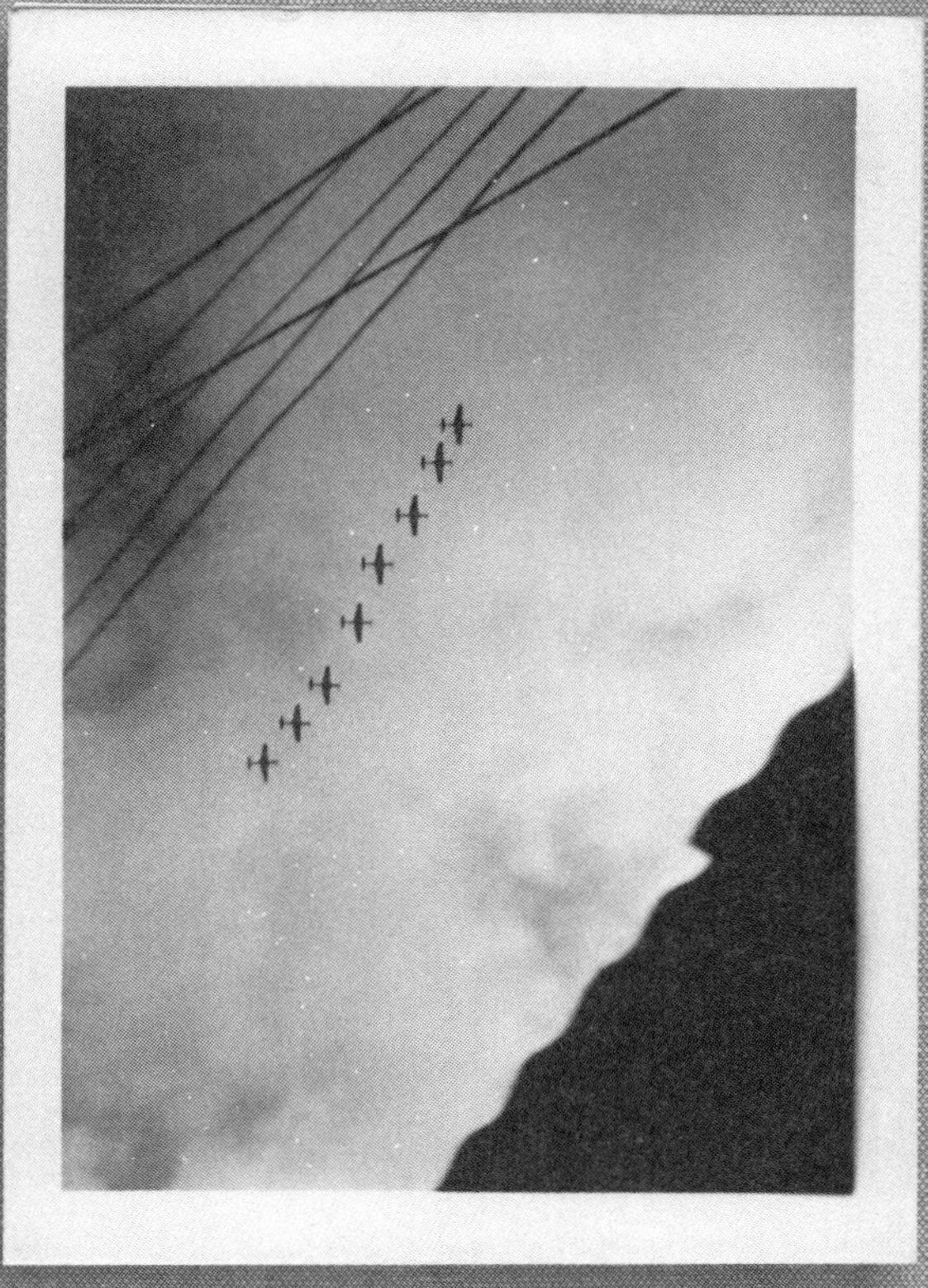

がぼくを止めた。ふり返ると、一本のロープがひとりでに伸び、人の足首くらいの高さに浮かんで、砂利道の上をゴールラインのように横切った。男たちがそこまで走ってきたとたん、ロープがぴんと張り、男たちはつまずいてぬかるんだ道へ転げこんだ。何本もの手足がからまりあって、むちゃくちゃな動きをしている。エマは歓声を上げ、ミラードの笑い声が確かに聞こえた気がした。

ぼくたちは走りつづけた。〈プリースト・ホール〉で落ち合うというミラードの提案に、なぜエマが賛成したのか、ぼくにはわからなかった。そのパブがあるのは港のほうで、そちらに孤児院はない。だが、ミラードがどうして爆撃機の襲来時刻を正確に知っていたのかもさっぱりわからなかったので、いちいち質問するのはやめた。それよりもっと驚いたのは、だれにも見つからないように祈りながらこっそりパブの裏へ回るのだろうと思っていたぼくの予想を、エマがあっさり裏切ったときだ。エマは堂々とパブの入口からぼくを押しこんだのだ。

店内にいたのは、バーテンダーだけだった。ぼくは顔を見られないように、横を向いた。

「すいません！」エマが声をかける。「ここでは何時から飲めるの？　わたし、もう喉がからっから！」

バーテンダーは笑った。「小さい女の子には酒を出さないことになっているんだよ」

「何それ！」エマは叫んでカウンターをぴしゃりと叩く。「この店で最高のカスクストレングス・ウィスキーをクアドルプルでちょうだい。[*2]言っとくけど、あんたがいつも出してる水で薄めた小便《ピス》みたいなやつは、ごめんだからね！」

ぼくはだんだん、彼女は面倒を起こそうとしているだけじゃないのかという気がしてきた――この場合は、ふざけてる《テイク・ア・ピス》、というべきか。エマはミラードのロープの罠《わな》と張り合おうとしているみたいだ。

バーテンダーはカウンターへ身を乗り出した。「つまり、きついやつをご所望かい？」下卑《げひ》た笑いを浮かべて言う。「パパとママには内緒だからな。でないと、おじさんは警察と牧師の両方に追われるはめになる」バーテンダーは黒っぽい不気味な液体の入ったボトルを持ってくると、タンブラーになみなみと注いでエマに出した。

「友だちはいいのか？　ひょっとして、すでに酔っ払ってるのか？」

ぼくは暖炉を観察しているふりをした。

「恥ずかしがってんのか？」バーテンダーは言った。「どこから来たって？」

「未来からだって」とエマ。「頭おかしいわよね」

バーテンダーの顔に奇妙な表情が浮かんだ。「なんだって？」聞き返すと、ぼくがだれだか気づいたに違いない。大声を上げて、ウィスキーのボトルを乱暴に置き、急いでこっちへ出てこようとする。

ぼくは逃げようと構えた。ところが、バーテンダーがカウンターからまだ出てこないうちに、エマがタンブラーを逆さまにして、褐色のウィスキーをまき散らし、信じられないことをした。ウィスキーがこぼれたカウンターのすぐ上に、手のひらを下にして片手をかざしたかと思うと、一瞬置いて、高さ三十センチの炎の壁を出現させたのだ。

バーテンダーはわめきながら、タオルで炎の壁を叩き始める。

「こっちよ、捕虜！」エマはぼくと腕を組み、暖炉のほうへ引っぱっていく。「さあ、手を貸して！　こじ開けて持ち上げるの！」

エマは膝をつき、床の隙間に指を差しこんだ。ぼくもエマの指の隣に自分の指を差しこんで、ふたりで小さい床板を上げた。ぼくの肩幅くらいの直径の穴が現れた。〝聖職者の穴《プリースト・ホール》〟だ。煙が店内に充満し、バーテンダーが火を消そうと躍起《やっき》になっているあいだに、ぼくたちはひとりずつ穴に下りていった。

〝聖職者の穴《プリースト・ホール》〟は一二〇センチのただの縦穴で、下りたところには、立つと頭がつかえる天井の低い空間がある。なかは完全に真っ暗だったが、気づくとやわらかいオレンジ色の光に包まれていた。エマが自分の手を松明《たいまつ》代わりにしている。小さな火の玉が手のひらのすぐ上に浮かんでいるように見える。ぼくは息をのみ、ほかのことは何もかも忘れてしまった。

「どいて！」エマが怒鳴って、ぼくを小突いた。「この先にドアがあるから」

ぼくはもぞもぞと低い空間を端まで移動した。するとエマはぼくを押しのけ、尻をついてすわると、両足のかかとで壁を蹴った。壁がはずれ、明るい陽射しが見えた。

「やあ、君たち」路地に這い出すと、ミラードの声がした。「派手にやってみたいという誘惑には勝てないよな？」

「何を言ってるのかわからないけど」エマはそう答えたが、ぼくには誇《ほこ》らしげに見えた。

ミラードは、まるでぼくたちを待っていたかのような荷馬車へ案内した。ぼくたちは後ろに乗りこんで、防水シートの下に隠れた。まもなく、男がやってきて、馬にまたがり手綱をぴしゃりとやると、馬車が大きく揺れて動きだした。

しばらく、ぼくたちは黙っていた。周囲から聞こえる音の変化で、町から出ていくところなのがわかる。

ぼくは勇気を出して聞いてみた。「どうして、この馬車のことを知っていたんだ？　爆撃機のことも？　君は霊能者か何かなのか？」

エマはくすくす笑った。「まさか」

「全部、昨日起きたことだからさ」ミラードが答えた。「一昨日も起きたし。おまえのループじゃ、そうなっていないのか？」

「ぼくの何？」

「どこかのループから来たんじゃないってば」エマは声をひそめてつづけた。「ずっとそう言ってるでしょ——忌々《いまいま》しいワイトなんだって」

「いいや、そうは思えない。ワイトなら、生きたまま君に捕まるわけがない」

「ちょっと」ぼくは小声で言い返した。「ぼくは君たちが言ってるようなやつじゃない。ジェイコブだよ」

「そのうちわかるわ。今は静かにしてて」エマが手を伸ばして防水シートを少しめくると、動いていく空の青い線が見えた。

＊1　昔、船旅に使われた大型のトランク
＊2　シングルの四倍の量。約一二〇ミリリットル

# 第6章

最後のコテージが後ろに消えると、ぼくたちはこっそり荷馬車から降り、徒歩で尾根を越えて森の方向へ向かった。エマはぼくの横を歩きながら黙って考え事をしているが、ぼくの腕を絶対に放そうとしない。ミラードはというと、ぼくの隣で鼻歌を歌いながら石を蹴っている。ぼくは緊張と戸惑いと吐き気がするほどの興奮を感じていた。何かすごいことが起きそうだという予感もある。そして、今にも目が覚めてこの熱に浮かされた夢から、あるいはストレス症状か何かから抜け出せるんじゃないかという気持ちもあった。目覚めたら〈スマートエイド〉の休憩室で、テーブルによだれの溜まりを作って突っ伏していて、変な夢だったと思いながら、いつもの退屈な自分に戻るのだ。

だが、目は覚めなかった。ぼくたちは——手から炎を出せる女の子と、透明人間と、ぼくは——ひたすら歩きつづけた。国立公園のハイキングコースのように広くてきれいな道をたどって森を抜けると、広々とした芝生の土地に出た。あちこちに花が咲き、手入れの行き届いた花壇が並んでいる。孤児院に着いたのだ。

ぼくは驚いて建物を見つめた——ひどい廃墟だったからではない。美しかったからだ。はずれかけている板も、割れた窓もない。ぼくの記憶ではだらしなく崩れかけていた小塔と煙突が、今では堂々と空を指している。壁を食いつくそうとしていた森は、謙虚《けんきょ》に建物から距離を置いている。

案内されるままに敷石の小道を進み、塗装《とそう》されてまもない踏み段を上がって玄関ポーチに立つ。エマはもう以前のようにぼくを危険人物とは思っていないようだったが、なかに入る前にぼくの両手を後ろで縛った——たぶん、ただの見せかけだと思う。エマは狩りから戻ってきた人で、ぼくは捕らえられた獲物だ。エマがぼくをなかへ連れていこうとすると、ミラードが止めた。

「靴に泥がこびりついてる。汚い足跡をつけられちゃまずい。〝鳥〟に怒られる」ふたりを待たせて、ぼくは片方の足で反対の靴のかかとを押さえて脱ぎ、もういっぽうも同じようにして脱いだ。両手が使えず、よろけて転びそうになる。エマがぼくを支えてくれた。それからエマはいらいらとぼくを引っぱって、なかへ入った。

ぼくたちは廊下を進んだ。ここは壊れた家具が邪魔でとても通れそうになかったはずなのに。次に通りすぎた階段も、ニスでつやつや輝き、手すりのあいだからいくつもの顔が物珍しそうにのぞいている。ダイニングを通ると、雪のように落ちていた漆喰はどこにもなく、長い木製のテーブルが置かれ、まわりにはずらりと椅子が並んでいた。ここはぼくが探検した建物だが、何もかもがきちんと復元されている。青カビが生えていたはずの場所には、壁紙や羽目板がはられ、明るい色調の塗装が施されている。花瓶には花が活けてある。腐った木と布でできた真ん中のへこんだ塊は、片方だけ肘《ひじ》掛けのついたソファと安楽椅子に戻っていた。以前は真っ黒に汚れていて、光が漏れないようにふさいであるのかと思った高い窓からは、明るい陽射しが入ってくる。

ようやく裏庭に面した小さい部屋にやってきた。「院長に知らせてくるから、彼をつかまえておいて」エマが言うと、ミラードの手がぼくの肘をつかむのを感じた。だがエマがいなくなると、すぐに離した。

「ぼくに脳みそを食べられるんじゃないかって、怖くないの?」

「べつに」

ぼくは窓のほうを向き、驚いて外を見つめた。庭は子どもでいっぱいだ。それに黄ばんだ写真で見たことのある顔だった。何人かは木陰でのんびりしていて、あとはボール投げをしたり、追いかけっこをしたりして、色とりどりの花が咲く花壇の横を駆けていく。祖父の話していた天国そのものだ。ここは魔法の島で、この子たちは魔法の子ども。もし夢を見ているのなら、目覚めたいとは思わない。少なくとも、しばらくは目覚めたくない。

芝生では、だれかがボールを強く蹴りすぎて、動物の形に刈りこんだ大きな木——トピアリー——に飛びこんで取れなくなってしまった。ずらりと並んだトピアリーのいくつかは動物の形になっていて、建物と同じくらいの高さの素晴らしい動物——翼の生えたグリフィン、後足で立ち上がるケンタウロス、人魚——が森から孤児院を守るように立ちはだかっている。なくしたボールを追って、十代の少年がふたり、ケンタウロスの下へ走っていった。女の子がひとり、追いかけていく。ぼくはすぐに気づいた。祖父の写真のなかの〝空中浮揚の少女〟だ。ただし、今は浮かんでいない。女の子はゆっくりと一歩一歩、大儀《たいぎ》そうに歩いていく。まるで重力が余分にかかっているかのように、ひと足ごとに地面を踏みしめる。

女の子はそこに着くと両手を上げ、少年たちが女の子の腰にロープを巻きつけた。女の子は慎重に靴を脱ぐと、風船のように宙へ浮かんでいく。ぼくはびっくりした。腰にくくりつけたロープがぴんと張り、女の子は地面から三メートルのところに浮かんだ。少年たちはロープをしっかり握っている。

女の子が何か言うと、少年たちはうなずいてロープを繰り出し始めた。女の子はケンタウロスの横をゆっくりと上がっていき、ちょうどケンタウロスの胸の高さに来ると、枝に手を突っこんでボールを取ろうとした。しかし、ボールは奥にはまりこんでいる。女の子が下を向いて首を横にふると、少年たちはロープを巻きとって女の子を地面に下ろした。女の子はさっきの重い靴をはいて、ロープをほどく。

「ショーは楽しい?」ミラードに言われて、ぼくは黙ってうなずいた。「あのボールを取るなら、ずっと簡単な方法がほかにある。けど、あいつらは見物人がいることを知ってるのさ」

外では、ふたり目の女の子がケンタウロスへ近づいていくところだった。十代後半のワイルドな感じの少女で、髪が鳥の巣からドレッドヘアになろうとしている。彼女はかがむと、ケンタウロスの長いしっぽをぐっとつかみ、葉の茂るしっぽを自分の腕に巻きつけた。それから集中するように目を閉じる。次の瞬間、ケンタウロスの手が動いた。ぼくはガラス窓の内側からその緑の手を凝視した。きっとそよ風のせいに違いないい。ところが、やがてケンタウロスの指がゆっくりと感覚を取り戻しているかのように一本一本曲がった。ぼくが仰天して見つめているうちに、ケンタウロスの大きな腕が肘から曲がり、自分の胸に突っこんでボールを取り出すと、歓声を上げる子どもたちにひょいと放った。ボール遊びが再開して、ぼさぼさ頭の女の子がケンタウロスのしっぽを放すと、ケンタウロスのトピアリーはまた動かなくなった。

隣を見ると、ミラードの息で窓ガラスが曇っている。ぼくは目を丸くしてミラードのほうを向いた。「こんな言い方、失礼かもしれないけど、君たちはいったい何者？」

「特別な人間《ピキューリア》だよ」ミラードは少し戸惑った声で答えた。「おまえもそうだろ？」

「知らない。違うと思う」

「そいつは残念だ」

「ちょっと、彼を放しちゃだめじゃない」後ろから怒った声がしてふり向くと、エマが戸口に立っていた。「もう、いいわ」エマはつかつかやってきて、ロープをつかんだ。「来て。院長があなたに会うって」

ぼくたちは建物のなかを進み、ドアの隙間やソファの後ろからのぞく物珍しげな目にさらされながら、日当たりのいい居間へ入った。そこには見事なペルシャ絨毯《じゅうたん》が敷かれ、背もたれの高い椅子にすわった上品な感じの女性が編み物をしていた。頭からつま先まで黒ずくめで、髪は完璧なシニヨンにまとめ、レースの手袋をはめ、ハイカラーのブラウスは首まできっちりボタンを留めている。潔癖《けっぺき》なほどきちんとしているところは、この建物とよく似ている。壊れたトランクから見つけた写真のなかに彼女の写真があったことを覚えていなくても、彼女がだれかは想像がついただろう。ミス・ペレグリンだ。

エマがぼくを敷物の上へうながして咳払いをすると、ミス・ペレグリンの規則正しい編み棒の動きが止まった。

「こんにちは」女性が顔を上げる。「あなたがジェイコブね」

エマはぽかんと口を開けた。「どうして知って――」

「わたくしはペレグリン院長です」女性は人さし指を立ててエマを静かにさせた。「もしよければ――あなたはいま、わたくしの保護を受けているわけではないのですから――ミス・ペレグリンと呼んでいただいて結構です。やっと会えてうれしいわ」

ミス・ペレグリンは手袋をはめた手を差し出し、ぼくがその手を取れないでいると、両手首が縛られていることに気づいた。

「ミス・ブルーム！　いったいどういうつもり？　これがお客様に対する扱いですか？　すぐにロープをほどきなさい！」

「でも、院長先生！　彼はこそこそ嗅ぎ回ったり、嘘をついたりしたんですよ！　ほかに何をするかわかったもんじゃないわ」エマはぼくにちらりと疑いの目を向けると、ミス・ペレグリンに何か耳打ちした。

「んまあ、ミス・ブルーム」院長は大きな声で笑った。「いったいどこから、そんなとんでもないことを思いついたんでしょう！　もしこの少年がワイトだったら、あなたはとっくに大鍋でぐつぐつ煮られていますよ。彼は間違いなく、エイブラハム・ポートマンのお孫さんです。ほら、よくご覧なさい！」

ぼくは心からほっとした。これでもう、自分が何者か説明させられずにすみそうだ。

ミス・ペレグリンはぼくが来るのを待っていたんだ！

　エマは言い返そうとしたが、院長に威圧感のある目でにらまれて引き下がった。

「わかりました」エマはため息をついた。「でも、ちゃんと警告しましたからね」結び目が何度か引っぱられ、ロープが落ちた。

「ミス・ブルームを許してあげてくださいね」ぼくがひりひりする手首をさすっていると、院長が言った。「何かと大げさに考える傾向があって」

「それは、ぼくも気づいてます」

　エマは顔をしかめた。「もし彼が自分で言っているとおりの人物なら、も、も、も、もとなぜループのことを知らないわけ？　自分が何年にいるかも知らなかったのは、どうして？　ほら、彼に質問してください！」

「も、も、も、もとではなく、そ、そ、そ、そもそもです」院長は言った。「それに、わたくしが質問すべき人はあなたです。明日の午後、副詞の正しい使い方について、たっぷり聞かせてもらいましょう！」

　エマは不満そうにうなった。

「さて、さしつかえなければ」院長は言った。「ミスター・ポートマンとふたりでお話ししたいのだけれど」

　抵抗しても無駄だとわかっているエマは、ため息をついてドアへ向かったが、出ていく前にふり向いて、最後にもう一度ぼくを見た。その顔には今まで見たことのない表情――不安――が浮かんでいた。

「あなたもですよ、ミスター・ナリングズ！」院長が声を張り上げた。「きちんとした人は、他人の話を盗み聞きしたりしないものです！」

「俺はただ、お茶をいれてこようか聞こうと思って」ミラードの口調は、ぼくには少しご機嫌取りのように聞こえた。

「ありがとう。でもお茶は結構よ」院長がそっけなく答えると、ミラードが裸足《はだし》で床を歩いていく音がしてドアが閉まった。

「どうぞ、おかけなさい」院長はぼくの後ろのやわらかそうな椅子を示した。「と言いたいところだけれど、ずいぶん汚れているわね」ぼくは椅子にはすわらず、床に膝をついた。全知の預言者に助言を乞《こ》う巡礼者の気分だ。

「あなたがこの島に来て数日がたっているけれど、わたくしたちに会いに来るのに、なぜこれほど長くかかったのですか？」

「ここにいるのを知らなかったんです。あなたはどうして、ぼくが来たのを知っていたんですか？」

「ずっとあなたを見ていたからです。あなたもわたくしを見ていますよ。といっても、あなたにはわからなかったでしょうけれど。わたくしは変身していましたから」院長は髪から長い灰色の羽根を一本抜きとった。「人間を観察するときは、鳥の姿になるのがいちばんです」

ぼくは呆気《あっけ》にとられた。「今朝、ぼくの部屋にいたのは、あなただったんですか？　あのタカが？」

「タカの一種のハヤブサ《ペレグリン》です。当然ですが」

「じゃあ、本当だったんだ！　あなたが〝鳥〟なんですね！」

「それは仇名です。わたくしをそう呼ぶのは大目に見ていますが、勧めはしません」院長はつづける。「今度は、こちらからの質問です。あの不気味な廃墟で、いったい何を探していたのです？」

「あなたたちです」それを聞いて、院長は目を少し見開いた。「どうやって探せばいいのか、わからなくて。昨日、やっと気づいたんです。あなたたちはみんな――」

そこでぼくは口ごもった。次の言葉がどれだけ奇妙に聞こえるか、気づいたのだ。

「あなたたちが亡くなっていたとは、知らなかったんです」

院長はこわばった笑みを浮かべた。「やれやれ。おじいさまから、古い友人たちのことを何も聞かされていなかったのですか？」

「少しは聞いてます。けど、ぼくは長いこと、それを作り話だと思っていて」

「わかります」

「どうか気を悪くしないでください」

「少し驚いただけです。ただ、世間一般に対しては、そう思われているほうが好都合なのです。無用なお客が近づくこともないでしょうから。最近は、妖精やゴブリンやそういったナンセンスを信じる人がかなり減っていて、世間の人たちはもう苦労してわたくしたちを探し出そうとはしません。おかげで、わたくしたちの生活は少し楽になりました。幽霊話や恐ろしい廃墟は、わたくしたちにはとても役に立っていますが──あなたにとっては、そうではなかったようです」ミス・ペレグリンはほほえんだ。

「あなたの家系には、勇敢な血が流れているに違いありません」

「はい、そうかもしれません」ぼくは神経質に笑ったものの、今にも気を失ってしまいそうだった。

「ともあれ、ここに関して」院長は大仰に手をふって、この場所を示した。「子どもの頃あなたは、ほかの人たちが言うように、おじいさまの作り話だと思ったのですね？　おじいさまに真っ赤な嘘を聞かされた、そう思ったのですね？」

「真っ赤な嘘、とまでは言わないけど――」

「作り話、大ぼら、戯言《ざれごと》――好きに呼んで構いません。いつ、エイブラハムの話が真実だとわかったのですか？」

「それは」ぼくは敷物に織りこまれた複雑な模様を見つめた。「たぶん、今わかりかけているところだと思います」

ミス・ペレグリンのさっきまでの元気が、少ししぼんだ気がした。「ああ、そういうことね」彼女の表情が険しくなった。まるで、わずかな沈黙のあいだに、ぼくが告げようとしている恐ろしいことに直感で気づいてしまったかのようだ。それでも、ぼくはなんとか声に出して伝えた。

「祖父は何もかも説明したかったんだと思います。けど、長く待ちすぎてしまった。それで、ぼくをここへ来させたんです。あなたを探しに」ぼくはジャケットからしわくちゃの手紙を引っぱり出した。「これはあなたの手紙です。この手紙を見て、ぼくはここに来たんです」

ミス・ペレグリンは手紙を椅子の肘掛けに載せてていねいにしわを伸ばすと、目の前に広げ、唇を動かしながら読んだ。「わたくしとしたことが、なんて不躾《ぶしつけ》なことをしたんでしょう！　こんなふうに彼に返事をねだるなんて！」院長は首をふり、しばらく物思いに沈んだ。「わたくしたちはずっと、エイブからの知らせを切望していました。広い世界で生きていくと言い張る彼に、あなたはわたくしを死ぬほど心配させたいのかと問い正したこともあります。彼はこうと決めたらとてつもなく頑固になるの！」

院長は手紙をたたんで封筒に戻すと、顔を曇らせた。「亡くなったのですね？」

ぼくはうなずくと、何が起こったのかをたどたどしく話した。警察が結論を出し、長いカウンセリングの後にぼくも信じるようになった話を伝えた。泣くのをこらえていたので、ざっとしか話せなかった。祖父は郊外に住んでいたこと、ちょうど干ばつで森には飢えた凶暴な動物がたくさんいたこと、祖父が、いてはいけない時間にいてはいけない場所にいたこと。「ひとり暮らしをさせるべきじゃなかったんです。けど、あなたも言っていたように、祖父は頑固だったから」

「こうなることを心配していました。だから、彼に出ていってはいけないと警告したのです」ミス・ペレグリンは膝の上で編み棒を持つ手にぎゅっと力をこめた。まるで、その編み棒でだれを刺そうか考えているかのようだ。「しかも、気の毒なお孫さんに悲しい知らせを持たせて、わたくしたちのところへよこすなんて」

ぼくには彼女の怒りがよくわかった。自分も経験してきたことだから。ぼくはミス・ペレグリンを慰《なぐさ》めようと思った。去年の秋、ぼくが最悪の状態だった頃、両親やゴラン医師から聞かされた、すべて真実とは言えないが安心させてくれる話をすることにした。「寿命だったんです。祖父はひとりぼっちでした。祖母は何年も前に亡くなっていたし、祖父の頭も昔ほどの冴《さ》えはなくなっていました。物忘れや勘違いはしょっちゅうでした。そもそも、だから森に入ったりしたんです」

ミス・ペレグリンは悲しそうにうなずいた。「彼は年を取ることを選んだのです」

「ある意味、祖父はラッキーでした。長く苦しむことはなかったから。病院で機械につながれて何カ月も寝たきり、ということにはならずにすみました」もちろん、ばかげた話だ——祖父が死ぬ必要なんてなかったし、腹立たしいことだ——けど、そう口にすることで、ぼくもミス・ペレグリンも少しは気分が楽になりそうだった。

ミス・ペレグリンは編み物を脇へ置き、立ち上がって足を引きずりながら窓辺へ行った。その歩き方は、こわばっていてぎこちない。片脚が短いかのようだ。

彼女は庭で遊ぶ子どもたちを眺めた。「この話は、子どもたちに聞かせてはなりません。少なくとも、今はまだ。あの子たちを動揺させるだけですから」

「わかりました。あなたの考えるとおりにしてください」

ミス・ペレグリンは少しのあいだ、黙って窓辺に立ち、肩を震わせていた。ようやくぼくに向き直ったときには、すっかり落ち着いて、てきぱきした口調になっていた。

「さて、ミスター・ポートマン。わたくしからの質問はもう十分だと思います。あなたにも聞きたいことがあるでしょう」

「はい、ほんの千個ほど」

彼女はポケットから懐中時計を出して時刻を確かめた。「夕食まで、少し時間があります。あなたの疑問を解決するのに、それで足りるといいのですが」

ミス・ペレグリンは言葉を切って、首をかしげた。そしていきなりドアへ歩いていったかと思うと、勢いよく開けた。エマがしゃがんで、赤い顔で涙を流していた。すべて聞いていたのだ。

「ミス・ブルーム！　盗み聞きしていたのですか？」

エマは声を上げて泣きながら、なんとか立ち上がった。

「きちんとした人は、自分が聞くべきでない会話を聞いたりしないもの――」だが、エマはすでにいなくなっていたので、ミス・ペレグリンは途中で説教をやめ、腹立たしげにため息をついた。「大変なことになりました。彼女はあなたのおじいさまのことになると、とてもデリケートになるのです」

「それには、ぼくも気づいてました。どうしてですか？　ふたりは……？」

「エイブラハムが戦争で戦うと決意してここを出ていったとき、だれもが悲しみました。ミス・ブルームは特に。ええ、ふたりは愛しあっていました。恋人どうしだったのです」

エマがあれほどぼくのことを信じようとしなかった理由が、わかってきた。信じるということは、十中八九、ぼくが祖父の悪い知らせを届けにきたということだからだ。

ミス・ペレグリンが呪縛《じゅばく》を解くかのように、パンと手を叩いた。「けれど、まあ、しかたがありません」

ぼくはミス・ペレグリンの後ろから部屋を出て、階段へ向かった。彼女は断固たる決意で階段をのぼっていく。両手で手すりをつかみ、手助けをこばんで、自力で一段一段のぼる。上の階に着くと、廊下を進んで図書室に案内した。こうして見ると、本物の教室のようだ。机が一列に並べられ、片隅には黒板があり、棚にはきちんとカバーをかけた本が整然と並んでいる。ミス・ペレグリンは机を指して「おかけなさい」と言う。ぼくは小さい机と椅子に体をねじこんだ。彼女は教室の正面へ行き、ぼくと向かいあった。

「基本的なことだけ、ざっと説明させてちょうだい。これを聞けば、あなたの疑問のほとんどは解決すると思います」

「わかりました」

「人類は、ほとんどの人間が考えているよりはるかに多様な種で構成されています」ミス・ペレグリンは話し始めた。「ホモ・サピエンスの本当の分類は、ごくわずかな人間しか知らない秘密です。あなたも今、そのひとりになろうとしています。基本的には、単純に二種類に分けられます。ひとつはクールフォークと言われる種類で、人類のほとんどを占めています。もうひとつは、世に知られていない系統——クリプト・サピエンスとでも言うべきもの――で、シンドリガストと呼ばれています。わたくしの先祖の古い言葉で、〝特別な力を持つ人《ピキューリア・スピリット》〟という意味です。恐らくあなたの推測どおり、ここにいるわたくしたちはそちらの種族です」

ぼくはうなずいたが、まったく話についていけなかった。そこで、もう少し話のペースを落としてもらいたくて質問した。

「けど、なぜ人々はあなたたちのことを知らないんですか？　ほかに仲間はいないんですか？」

「ピキューリアは世界じゅうにいます。とはいえ、昔に比べれば、わたくしたちの数はかなり減っています。残っている者たちは、わたくしたちのように隠れて暮らしています」悲しそうな小さい声になる。「隠したりせず、一般の人々にまざって暮らせた時代もありました。いくつかの地域では、シャーマンや霊媒師《れいばいし》と考えられ、問題が起こると相談を受けたものです。ピキューリアと円満な関係を築いた文化もありますが、それはニューヘブリディーズ諸島のなかでも黒魔術で名高いアンブリム島のように、近代化もされず、主要な宗教も根付かなかった地域だけです。けれど、それ以外の大きい世界は、はるか昔にわたくしたちと敵対するようになったのです。イスラム教徒はわたくしたちを追い出しました。キリスト教徒はわたくしたちを魔女と決めつけて火あぶりにしました。ウェールズやアイルランドの多神教の人々でさえ、最終的にはわたくしたちのことを邪悪な妖精とか変身する亡霊だと決めつけたのです」

「じゃあ、なぜ――なんていうか――どこかに自分たちの国を作らなかったんですか？　自分たちだけで暮らせばいいじゃないですか？」

「そんな単純な問題だったらよかったのですが。ピキューリアの特質は隔世《かくせい》遺伝することが多いのです。一世代飛ばして現れることもあれば、十世代飛ぶこともあります。ピキューリアとして生まれた子どもは必ずしも、というかほとんどの場合、ピキューリアの親から生まれるわけではありません。そしてピキューリアの親が必ずしも、いえ、たいていの場合、ピキューリアの子どもを産むわけではないのです。他人と違うことをひどく恐れる世界で、すべてのピキューリアにとって、これがなぜ危険かわかりますか？」

「普通の親は、わが子が手から火を出したりし始めたら、おびえてしまうから？」

「そのとおりです、ミスター・ポートマン！　普通の親から生まれたピキューリアは、しばしばひどい虐待《ぎゃくたい》を受けたり育児放棄されたりします。何世紀か前には、ピキューリアの子を持つ親は単純に、本当の子どもはさらわれて取り替え子《チェンジリング》を置いていかれた、と考えたものです。取り替え子とは、魔法をかけられた邪悪なそっくりさんのことで、まったくの作り話であることは言うまでもありません。暗い時代には、そういう子どもをすぐ殺すのはよくないが、捨てても当然と考えられていました」

「ひどい」

「とんでもないことです。なんとかしなくてはなりませんでした。そこで、わたくしのような者たちで、ピキューリアとして生まれた子どもたちがほかの人々から離れて暮らせる場所を作ったのです。このように、物理的にも時間的にも隔絶された居住地です。わたくしはそれを大変誇りに思っています」

「ミス・ペレグリンのような人たちって？」

「わたくしたちピキューリアは、普通の人にはない能力に恵まれています。普通の人々にとっての皮膚の色や容貌のように、組み合わせや種類は無限です。ですから、相手の心を読むといった珍しくない能力もあれば、時間を操るというわたくしの能力のように珍しいものもあります」

「時間を操る？　あなたは鳥に変身できるんですよね？」

「正確に言うと、そこにわたくしの能力の鍵があるのです。時間を操ることができるのは、鳥だけ。ですから、時間を操る者は全員、鳥に変身することができます」

ミス・ペレグリンはひどく真剣に、当然のことのように言う。ぼくは理解するのに、少し時間がかかってしまった。「鳥は……タイムトラベラーなんですか？」ぼくは自分が間抜けな笑みを浮かべているのがわかった。

ミス・ペレグリンは真面目にうなずいた。「けれど、ほとんどは、ときおり偶然に時間を行きつ戻りつしているだけです。わたくしたちのように自由に時間を操れる者は――自分だけでなく、他人のためにも操れる者は――インブリンと呼ばれています。わたくしたちは時間のループを作り、そのなかでピキューリアたちが永遠に生きていけるようにしたのです」

「ループ」ぼくは祖父の最期の言葉を思い出した――鳥を見つけろ、ループのなかにいる。「それが、この場所なんですか？」

「ええ。あなたにとっては、一九四〇年九月三日と言ったほうがわかりやすいでしょう」

ぼくは小さい机に身を乗り出して、ミス・ペレグリンにせまった。「どういう意味ですか？　一日だけ？　同じ一日が繰り返されているんですか？」

「ええ、何度も何度も。ただし、わたくしたちの経験はリセットされることなくつづいています。そうでなければ、ここで暮らしてきた七十年間――まあ、もうそんなになるのね――の記憶をなくしてしまうでしょう」

「すごい」

「もちろん、わたくしたちは一九四〇年九月三日の十年以上前から、ここケアンホウム島で暮らしていました。独特の地形のおかげで、物理的に隔絶された場所ですから。時間的な隔絶まで必要になったのは、あの日が初めてでした」

「それはなぜですか？」

「そうしなければ、全員死んでいたからです」

「空襲で？」

「そのとおりです」

ぼくは机の上を見つめた。ようやく話がつながってきた――といっても、ほんのわずかだ。「ここのほかにも、ループは存在するんですか？」

「ええ、たくさん」ミス・ペレグリンは答える。「そして、その世話をしているインブリンのほとんど全員が、わたくしの友人です。何人か挙げてみましょうか。アイルランドで一七七〇年六月のループを持っているのは、カツオドリに変身するミス・ガネット。ウェールズのスウォンジーで一九〇一年四月三日のループを持っているのは、ヨタカに変身するミス・ナイトジャー。ソリハシセイタカシギに変身するミス・アヴォセットと、ホオジロに変身するミス・バンティングは、イングランドのダービーシャーで一八六七年の聖スウィジンの日のループを共同で維持しています。キバシリに変身するミス・ツリークリーパーはどこだったかしら――そうそう、それからミス・フィンチも。どこかに彼女の素敵な写真があったはずです」

ミス・ペレグリンは棚から苦労して巨大なアルバムを出してくると、ぼくの前の机に載せた。そしてぼくの後ろから肩越しに身を乗り出して、厚いページをめくりながら一枚の写真を探していく。ほかの写真にも手が止まり、うっとりと懐かしそうに説明してくれる。ページがめくられるうちに、ぼくは地下室の壊れたトランクや祖父の葉巻の箱に入っていた写真と同じものがあることに気づいた。ミス・ペレグリンはそのすべての写真を持っている。何十年も前に、彼女がぼくの祖父にも同じ写真を見せていたと思うと、不思議な気分だ。今のぼくと同じ年齢だった祖父は、たぶんちょうどこの部屋で、この机の上で見たのだろう。そして今、同じものをぼくが見ている。まるで、祖父の過去に足を踏み入れた気分だ。

そのうち手に丸々した小鳥をとまらせた優雅な女性の写真を見つけると、ミス・ペレグリンは言った。「これがミス・フィンチとその伯母さんのミス・フィンチです」

女性と小鳥は心が通じ合っているように見える。

「どっちがどっちか、どうやって見分けるんですか？」

「伯母さんのミス・フィンチは、ほとんどいつもフィンチの姿になっていました。そのほうが好都合だったんです。あまり話好きなタイプではなかったから」

ミス・ペレグリンは二、三ページめくり、今度は女性と子どもが真面目な顔で紙の月のまわりに集まっている写真に目を留めた。

「そうそう！　これを忘れるところだったわ」アルバムのスリーブから写真を抜き出し、うやうやしくかかげる。「その正面の女性、それがミス・アヴォセットです。彼女はわたくしたちピキューリアにとって、女王にも近い方です。五十年間、インブリン評議会の指導者に乞われているのに、彼女はミス・バンティングと創設した学園で教える仕事をけっしてやめようとなさらないんです。今日《こんにち》では、優秀なインブリンで

ミス・アヴォセットのご指導を受けたことがない者は、ひとりもおりません。もちろん、わたくしも彼女の教えを受けたひとりです！　よく見れば、その眼鏡をかけた小さい少女がだれかわかるかもしれません」

　ぼくは目をこらした。彼女が指した顔は、暗くてかすかにぼけている。「あなたですか？」

「わたくしはミス・アヴォセットが受け入れた幼い子どものひとりでした」ミス・ペレグリンは誇らしげに言う。

「この写真の男の子たちは？　あなたよりもっと年下に見えますが」

　ミス・ペレグリンの表情が曇った。「それは、道を誤った弟たちです。離れ離れになるのがいやで、弟たちはわたくしと一緒に学園にやってきたのです。ふたりの王子さまのように甘やかされて育ちました。それで駄目な人間になってしまったのでしょう」

「弟さんたちはインブリンじゃないんですか？」

「もちろん、違いますとも。女性だけがインブリンに生まれつくのです。女性だけで本当によかった！　こういう重大な責任を負うのに必要な真面目な気質が、男性には欠けていますから。わたくしたちインブリンは地方を調査して、助けの必要な若いピキューリアを探さなくてはなりません。危害を加える恐れのある者たちを遠ざけ、保護している子どもたちを世間から隠して衣食住の面倒をみてやらなくてはなりませんし、子どもたちにわたくしたちピキューリアの知識を教えこまねばなりません。それだけでも大変なのに、ループが毎日確実にリセットされるように気をつけなくてはいけないのです」

「リセットされなかったら、どうなるんですか？」

ミス・ペレグリンは片手を軽くふって額に当て、後ろによろけて、身をすくませた。「大惨事、大変動、大災害！　考えるのも恐ろしい。さいわいにも、ループがリセットされるメカニズムは単純です。インブリンのひとりが、ときどきループの入口を通ればよいのです。そうすることで、ループの柔軟性《じゅうなん》が保たれます。入口はできたてのパン生地に開けた穴に少し似ています――ときどき指を突っこまなければ、穴はひとりでにふさがってしまうのです。そして入口も出口もなければ、時間的に閉ざされた空間で当然生じるさまざまな圧力を逃す弁がなくなってしまいます――」ミス・ペレグリンはクラッカーが破裂する真似をするように、両手で小さく音を立てた。「つまり、全体が不安定になってしまうのです」

　ミス・ペレグリンはまたアルバムにかがみこんで、ページを次々にめくっていく。

「その写真なら一枚あったはず――ほら、あった。昔のループの入口です！」彼女はスリーブからもう一枚写真を引き抜いた。「これは、ミス・フィンチのループの大きな入口です。立っているのは、ミス・フィンチと彼女が保護している子どもです。ロンドン地下鉄のめったに使われていない場所にあります。ループがリセットされると、トンネルはまばゆい光に満たされます。これに比べたら、わたくしたちのループはちっぽけなものだと、いつも思い知らされます」ミス・ペレグリンの口調には、かすかな羨望《せんぼう》がにじんでいた。

「ちゃんと理解できているか確かめたいんですが、もし今日が一九四〇年九月三日だとしたら、明日は……いや、明日も九月三日なんですか？」

「厳密には、ループの二十四時間のうち数時間は九月二日に属していますが、ええ、九月三日ということで合っていますよ」

「じゃあ、明日は永久に来ないんだ」

「そうとも言えます」

外で遠雷のような音がして、暗くなりつつある窓がガタガタ鳴った。ミス・ペレグリンは顔を上げ、また懐中時計を出した。

「残念だけれど、もう時間がありません。ぜひ夕食をご一緒しましょう」

ぼくはそうしますと答えた。父さんが心配するだろうという不安は、ちらっと頭をよぎっただけだった。ぼくは机の後ろから出て、ミス・ペレグリンにつづいてドアへ向かった。だがそのとき、もうひとつの疑問が浮かんできた。ずっと前から気になっていたことだ。

「ぼくの祖父は、本当にナチスから逃れるためにここへ来たんですか?」

「ええ。戦争が迫っていたあの恐ろしい数年間、たくさんの子どもたちがここに来ました。大混乱の時代でした」ミス・ペレグリンの沈痛な面持ちは、まだ新しい記憶を語っているかのようだ。「わたくしがエイブラハムを見つけたのは、英国本土の難民キャンプでした。かわいそうに、辛い思いをしていましたが、とても強い少年でした。彼がわたくしたちの仲間であることは、すぐわかりました」

ほっとした。少なくとも祖父の人生のその部分だけは、ぼくが理解していたとおりだったのだ。もうひとつ、聞きたいことがある。だが、どう切り出していいかわからない。

「その、彼は――ぼくの祖父は――なんていうか……」

「わたくしたちと同じだったか？」

ぼくはうなずく。

ミス・ペレグリンは奇妙な笑みを浮かべた。「彼はあなたと同じでしたよ、ジェイコブ」そして背を向け、足を引きずりながら階段へ向かった。


夕食の席に着く前に沼地でついた泥を洗い落としなさいと、ミス・ペレグリンはぼくに言い、エマに風呂を用意するように指示した。ミス・ペレグリンはぼくと少し話をすることで、エマの気持ちがやわらぐのを期待していたようだが、当のエマはぼくを見ようともしない。エマはバスタブに水を張ってから、両手で水をかきまぜて湯気が上がるまで温めた。

「それ、すごいね」ぼくが感心しても、エマはひと言の返事もなく、出ていってしまった。

ぼくは風呂の湯をすっかり茶色に変え、タオルで体を拭《ふ》いた。ドアの裏に着替えが掛かっていた。ツイードのバギーパンツ、ボタンのついたシャツ、サスペンダー。サスペンダーは短すぎるが、どうやって調節するのかわからない。選択肢はふたつ――サスペンダーなしでバギーパンツを足首にはかせておくか、無理にサスペンダーをつけてバギーパンツをへその上まで引っぱり上げるか。ぼくは後のほうがましと判断した。人生でいちばん奇妙な食事になりそうな夕食の席に着くため、化粧を忘れたピエロのような恰好で階下へ向かった。

夕食の席では、いくつもの名前と顔に混乱した。その多くは、写真や昔聞いた祖父の話でなんとなく覚えていた。ぼくがダイニングへ入っていくと、長いテーブルのまわりで席を取り合って騒いでいた子どもたちが、いっせいに固まってこっちを見た。どうやら、夕食に客を招くことはあまりないようだ。すでにテーブルの上座にすわっていたミス・ペレグリンが立ち上がり、突然の静けさを利用してぼくを紹介した。

「まだ知らない子たちに紹介します。こちらはエイブラハムのお孫さんのジェイコブです。彼はわたくしたちの大切なお客さまで、ずいぶん遠いところからいらっしゃいました。くれぐれも失礼のないように」ミス・ペレグリンは次に、室内のひとりひとりを指さして名前を教えてくれた。だが、ぼくはそのほとんどをすぐ忘れた――緊張するといつもこうなのだ。紹介が終わると、子どもたちから質問の集中砲火が始まった。それをミス・ペレグリンが速射砲のようにてきぱきはじき返す。

「ジェイコブはあたしたちとここで暮らすの？」

「わたくしの知るところではありません」

「エイブはどこ？」

「アメリカで忙しくしています」

「なんでジェイコブはヴィクターのズボンをはいてるの？」

「ヴィクターにはもう必要ありませんし、ミスター・ポートマンの服は今、洗濯中だからです」

「エイブはアメリカで何してるの？」

その質問に、ぼくはエマを見た。隅の席で不機嫌な顔をしていた彼女は、立ち上がってそっと部屋を出ていく。ほかの子たちは彼女の変わりやすい気分に慣れっこらしく、だれも気にしない。

「エイブが何をしているかは、気にしなくてよろしい」ミス・ペレグリンがぴしゃりと言った。

「いつ戻ってくるの？」

「それも気にしなくてよろしい。さあ、お食事を頂きましょう！」

子どもたちはそれぞれの席へ急ぐ。ぼくは空いている席を見つけたと思い、そこへ行ってすわろうとすると、太腿をフォークで突かれた。「俺がすわってるんだけど！」ミラードが叫んだが、ミス・ペレグリンは彼に席を譲らせ、服を着てきなさいと追いだした。

「何回言えばわかるのかしら」ミス・ペレグリンはミラードの背中に向かって声を張り上げる。「きちんとした人は、裸で夕食をとったりしないものです！」

食事当番の子どもたちが料理の大皿を持って現れた。すべてに輝く銀色のカバーがかぶせてあって、なかが見えない。それがよけいにみんなの想像をかきたてる。

「カワウソのパイ包み焼き！」ひとりの少年が叫んだ。

「子猫の塩漬けとトガリネズミのレバー！」べつの子が言う。そのたびに、小さい子たちがおえっと吐く真似をする。ところがカバーが取られると、豪華な料理が現れた。ガチョウのローストは完璧な黄金色に焼き上げられ、丸ごと一匹のサーモンとタラには、レモンとディルととろけるバターが添えられている。ボウル一杯の湯気を上げるムール貝、野菜のオーヴン焼きに、まだ焼き上がったばかりでさましている最中のパン。いろんなジャムやソースは、何かわからないが美味しそうだ。またたくガス灯の明かりの下で、どれも誘いかけるように輝いている。〈プリースト・ホール〉で無理に飲みくだしていた材料不明の脂っぽいシチューとは、くらべものにならない。朝食以来何も食べていなかったぼくは、がつがつ食べ始めた。

奇妙な子どもたちが奇妙な食習慣を持っていても驚くことはないはずだが、気づくと、ぼくはフォークで食べ物を口へ運ぶ合間にちらちらと室内をうかがっていた。空中浮揚の少女オリーヴはベルトで椅子に体を固定し、椅子は床にネジで留められ、天井まで浮かんでいかないようにしてある。体内にミツバチを飼っているヒューは、ほかのみんなが虫に迷惑しないように、部屋の隅の大きな蚊帳《かや》にあるひとり用のテーブルで食事をしている。完璧な金色の巻き毛を持つ人形のようなクレアは、ミス・ペレグリンの隣にすわっているが、ひと口も食べていない。

「お腹が空いていないの？」ぼくは女の子にたずねた。

「クレアは俺たちの前では食べないんだ」ヒューが教えてくれた。口からミツバチが一匹飛んでいく。「恥ずかしいんだってさ」

「恥ずかしくなんかないってば！」クレアはヒューをにらんだ。

「へえ、じゃあ、何か食べてみろよ！」

「ここには、自分の授かった力を恥ずかしいと思う人はいません」ミス・ペレグリンが言った。「ミス・デンズモアはひとりで食事をするほうが好きなだけです。そうですよね、ミス・デンズモア？」

　女の子は目の前をぼんやり見つめ、みんなが自分のほうを見なくなるのを願っている。

「クレアには後ろの口があるんだ」ミラードが説明した。スモーキングジャケットを着て（ほかには何も着ていない）、いつのまにかぼくの横にすわっている。

「え、何があるって？」

「ほら、見せてやれよ！」だれかが言う。たちまちテーブルを囲むだれもが、クレアに何か食べろとせっつき始めた。クレアはしかたなく、みんなを黙らせるために言われたとおりにした。

　クレアの前にガチョウの脚が置かれた。彼女は椅子の上で後ろを向き、肘掛けをしっかりつかむと、背中をそらして後頭部を皿へ近づけた。肉を嚙む音がはっきり聞こえてきて、彼女が頭を上げたときには、ガチョウの脚が大きくひと口かじられていた。クレアの金髪の下には、鋭い歯の並ぶ口が隠れていたのだ。そのとき不意に、ぼくはミス・ペレグリンのアルバムで見たクレアの奇妙な写真の理由がわかった。クレアには写真が二種類あった。一枚は上品なかわいい顔の写真、もう一枚は金色の巻き毛に覆われた後頭部の写真だ。

クレアは前を向いて腕組みをした。屈辱的な見世物をさせられてしまった自分に苛立っている。彼女が黙りこむいっぽう、ほかの子どもたちはいっせいにぼくに質問を浴びせた。ミス・ペレグリンがぼくの祖父に関する質問をいくつか却下すると、子どもたちは質問を変えた。どうやら、二十一世紀の暮らしにとりわけ興味があるようだ。

「どんな種類の空飛ぶ自動車があるの？」そうたずねたのは、ホレースという思春期くらいの少年だった。黒いスーツのせいで葬儀屋見習いのように見える。

「ないよ」ぼくは答えた。「そんなものは、まだない」

「月に町は出来た？」べつの少年が期待をこめて聞く。

「六十年代に旗を立てて、ゴミを置いてきたけど、それだけだね」

「大英帝国はまだ世界を支配してる？」

クレア　幸福だった時代に

「ええと……そうでもないかな」

子どもたちはがっかりしたようだった。いい機会だと思ったのか、ミス・ペレグリンが言った。「わかりましたか、みなさん？　結局、未来はそれほど輝かしいものではないのです。古き良きこの場所のこの時間にいれば、なんの問題もありません！」

彼女は折りに触れ子どもたちにそう思わせようとしているが、うまくいっていない――ぼくはそんな印象を受けた。すると、疑問がわいてきた。彼らはいったいどのくらい〝古き良きこの場所のこの時間〟にいるのだろう？

「みんなが何歳なのか、聞いてもいい？」ぼくはたずねた。

「ぼくは八十三」とホレース。

オリーヴは勢いこんで手を挙げる。「あたしは来週、七十五歳半になるわ！」ずっと同じ日が繰り返されているのに、どうやって年月を把握しているんだろう？

「ぼくは百十七か百十八」と言ったのは、眠そうな目のイーノックという少年だった。外見はせいぜい十三歳にしか見えない。「ここに来る前は、べつのループにいたんだ」

「俺はもうすぐ八十七だ」口じゅうガチョウの脂まみれにしてミラードが言った。しゃべるたびに、透明の口の奥で嚙んでいる途中の塊が震えているのが見える。みんなは「もう」とぼやきながら、目を覆って顔をそむける。

そして、ぼくの番が来た。十六歳ですと言うと、何人かが目を丸くした。オリーヴはびっくりして笑っている。ぼくがこんなに若いことが、彼らにとっては奇妙に感じるらしい。だが、ぼくにとっては、子どもにしか見えない彼らのほうがよっぽど奇妙だ。フロリダでは八十歳の老人をたくさん知っているが、ここのみんなのふるまいは老人とはぜんぜん違う。ここでの変わらない暮らしと変化のない日々が――永遠に終わらない夏が――彼らの体だけでなく、心まで子ども時代に閉じこめてしまっているようだ。まるで、ピーター・パンとロストボーイズだ。

いきなり外でドカンと重低音が響いた。今夜はこれで二度目だが、さっきより音が大きく距離も近く、皿やフォークがカタカタ震えた。

「急いで食べてしまいなさい！」ミス・ペレグリンが大声で言い終わるか終わらないかのうちに、また衝撃が来た。建物が揺れ、ぼくの後ろで壁の絵が落ちた。

「なんの音？」

「また、ドイツ軍が来たのよ！　ムカつく！」オリーヴが答え、小さな拳骨《げんこつ》でテーブルを叩いた。明らかに、怒った大人の真似をしている。そのとき、遠くでサイレンのような音がして、ぼくは何が起こっているのかはっと気づいた。今は一九四〇年九月三日の夜だ。もう少ししたら、空から爆弾が落ちてきて、この建物に大きな穴を開ける。あのサイレンは山から響く空襲警報だ。

「逃げなきゃ」ぼくは言った。パニックが喉までせり上がってくる。「爆弾が落ちてくる！」

「ジェイコブったら、わかってない！」オリーヴがくすくす笑う。「あたしたちが死んじゃうと思ってる！」

「ただの切り替わりだよ」ミラードがスモーキングジャケットの肩をすくめた。「そんなにぴりぴりするなって」

「毎晩、こうなるってこと？」

ミス・ペレグリンがうなずいた。「ええ、毎晩必ず」そう言われても、ぼくはどうにも安心できない。

「外に出て、ジェイコブに見せてやっていい？」ヒューが言った。

「ねえ、いいでしょ？」二十分黙りこんでいたクレアが、急に元気になって頼みこむ。

「切り替わりって、すごくきれいだもの！」

ミス・ペレグリンはまだ食事がすんでいないと言ったが、子どもたちにしつこく頼まれて折れた。「わかりました。ただし、全員ちゃんとマスクをつけるんですよ」

子どもたちはいっせいに席をたって部屋から出ていき、空中浮揚のオリーヴは置きざりにされたが、だれかが気の毒に思って椅子のベルトを外しに来た。ぼくはみんなを追いかけて板張りの玄関ホールへ行った。だれもがそこでキャビネットから何かを取って、外へ走っていく。ミス・ペレグリンがぼくにもひとつくれた。ぼくは立ち止まり、それをいろんな角度からよく見てみた。黒いゴム製のたるんだ顔のようなもので、びっくりした目のような形の大きなガラス窓があり、突き出た口の部分は垂れ下がって先端に穴の開いた缶がついている。

「さあ、それをつけなさい」ミス・ペレグリンに言われて、やっと気づいた——ガスマスクだ。

ぼくはガスマスクをつけ、ミス・ペレグリンの後ろから芝生の庭に出た。そこでは、子どもたちが線のないチェス盤に散らばるチェスの駒のように立っていて、だれがだれだかわからないマスクをつけた顔を上へ向け、空を走る黒い煙を見物している。遠くで木々の梢《こずえ》が燃えているのが、ぼんやり見えた。姿は見えないが、爆撃機のエンジン音がそこらじゅうから聞こえてくるようだ。
ときおりくぐもった爆音がして、胸のなかでふたつめの心臓がドキンと規則的な鼓動を打ったような感じがしたかと思うと、すごい熱波が来る。目の前でだれかがオーヴンを開けたり閉めたりしているかのようだ。ぼくは衝撃が来るたびに思わず首をすくめてしまうが、子どもたちはまったくひるんでいない。それどころか歌っている。その歌詞は爆撃のリズムと完璧にタイミングが合っていた。

逃げろ、ウサギ、逃げろ、ウサギ、逃げろ、逃げろ、**逃げろ！**
バン、バン、**バン**、農夫の鉄砲
ウサギのパイがなくたって、農夫は死んだりしないから
逃げろ、ウサギ、逃げろ、ウサギ、**逃げろ！**

曳光弾《えいこうだん》が空に何本も線を引いたちょうどそのとき、歌が終わった。花火の見物客のように拍手をする子どもたちのガスマスクには、空を走る強烈な光の線が映っている。
この夜の空襲は毎日の出来事になっていて、彼らにとってはもう恐ろしいことではな

いのだ。実際、ミス・ペレグリンのアルバムで見た空襲の写真には〝わたしたちの美しいショー〟というラベルがついていた。ぞっとする美しさというものもあるのだろう。

さっきの爆撃機が雲に穴を開けたかのように、霧雨が降りだした。爆弾の衝撃も間遠になってきて、空襲はそろそろ終わりかけているようだ。

子どもたちは芝生の庭から移動し始めた。室内に戻るのだろうと思ったら、玄関を通りすぎて庭のほかの場所へ向かっていく。

「どこ行くの？」ぼくはガスマスクをしたふたりの子どもにたずねた。

どちらも何も言わなかったが、こっちの不安を察したのか、それぞれやさしくぼくの手を取り、ほかの子たちと一緒に連れていってくれる。建物の裏へ回ると、みんなは大きなトピアリーのまわりに集まっていた。このトピアリーは神話の生き物の形ではなかった。男が草地に片肘をついて横たわり、もういっぽうの手で空を指している。少しして、ぼくは気づいた。システィーナ礼拝堂にあるミケランジェロのフレスコ画のアダムを、トピアリーで再現したものだ。木を刈りこんで作ったとは思えないほどの素晴らしい出来栄えだ。アダムの顔に浮かぶ穏やかな表情まで見てとれるほど

わたしたちの美しいショー

で、花を咲かせたクチナシが目を表現している。

その近くにぼさぼさ頭の少女が立っているのが見えた。花柄のワンピースは継ぎ当てだらけで、ほとんどパッチワークのようだ。ぼくは彼女のところへ行き、アダムを指さしてたずねた。「これは君が作ったの?」

少女はうなずく。

「どうやって?」

すると、少女はかがんで片方の手のひらを草の上にかざした。数秒後、その下の草がもぞもぞと伸び始め、手のひらをかすめる高さで止まった。

「うわ」ぼくは言葉を失っていた。

だれかにしーっと注意された。子どもたちはみんな黙って上を向き、空の一角を指さしている。ぼくも上を向いてみたが、たなびく煙と、煙にちかちか反射するオレンジ色の炎しか見えない。

そのとき、一機の爆撃機の音が聞こえてきた。音は近い。どんどん近づいている。ぼくはあせった。これは子どもたちが死ぬ夜だ。いや、死ぬ瞬間だ。まさか、この子どもたちは毎晩死んで、時間のループによってまた生き返るのか? 無益な集団自殺をするカルト教団のように、焼け死んではよみがえることを永遠に繰り返しているのか？

小さい灰色の何かが雲を割って、ぼくたちのほうへ飛んでくる。岩だ、とぼくは思ったが、岩は落ちるときにヒューなんて音は立てない。逃げろ、ウサギ、逃げろ、ウサギ、逃げろ——逃げたいが、時間がない。ぼくにできるのは、叫んで地面に突っ伏し、身を守るものを探すことだけ。だが身を守るものなど見つからず、ぼくは草地に体を投げ出し、首がなくなるのだけはいやだと言わんばかりに両手で頭を抱えた。

歯を食いしばり、きつく目を閉じて息をつめた。ところが耳をつんざく爆音を覚悟していたのに、あたりは完全な静寂に包まれている。うなるエンジン音も、落ちてくる爆弾の音も、遠くで響く高射砲の音も、唐突にやんだ。まるでだれかが世界を無音にしたかのようだ。

ぼくは死んだのだろうか？

頭から手を下ろし、ゆっくりと後ろを見る。風にたわんだ木々の枝がそのままの姿で凍りついている。空は雲をなめる炎をとらえた一枚の写真だ。雨粒はぼくの目の前で静止している。そして子どもたちの輪の真ん中には、神秘的な儀式の道具のように、爆弾が宙に浮かんでいて、下を向いた先端がアダムの伸ばした指先でバランスを取っているように見える。

　そのとたん、映画を見ているときに映写機のなかでフィルムが燃えだしたみたいに、完全な白一色の光が炸裂し、目の前のすべてをのみこんだ。


　聴覚が戻って最初に聞こえてきたのは、笑い声だった。やがて目の前の真っ白が薄れていくと、全員さっきと同じようにアダムを囲んでいるのが見えた。ただし爆弾は消えていて、静かな夜が戻っている。明かりは、雲ひとつない空に浮かぶ満月だけ。ミス・ペレグリンがぼくの上に現れて、片手を差し出した。ぼくはその手を取り、呆然としたままよろよろと立ち上がった。

「ごめんなさいね。前もって説明しておくべきでした」そう言いながらも、ミス・ペレグリンは笑いを隠せない。それは、ガスマスクを外した子どもたちも同じだ。ぼくはからかわれたのだと確信した。

　なんだか目まいがするし、具合が悪い。ぼくはミス・ペレグリンに言った。「もう夜なので、家に帰ったほうがいいみたいです。父が心配していると思います」それから、あわててつけたした。「ぼく、帰れますよね？」

「もちろん」ミス・ペレグリンは答えると、大きな声でぼくを石塚まで送ってくれる子はいないかと呼びかけた。驚いたことに、エマが前に進みでて、ミス・ペレグリンは満足そうな顔をした。

「彼女で、本当に大丈夫ですか？」ぼくは小声で院長にたずねた。「二、三時間前は、ぼくの喉を掻き切ろうとしていたんですよ」

「ミス・ブルームは怒りっぽいところがありますが、とても信頼が置けます。それに、あなたと彼女は、みんなに聞き耳を立てられないところで話したいことがあるんじゃないかしら」

五分後、ぼくはエマとふたりで出発した。今回は両手を縛られていないし、背中にナイフを突きつけられてもいない。小さい子が何人か庭のはずれまでついてきて、ぼくが明日も来るか知りたがった。ぼくは来られたら来るかもと返事をにごしたが、この瞬間に起きていることもろくに理解できていないのに、明日のことなんかわかるはずがなかった。

　ぼくたちはふたりきりで暗い森へ入った。孤児院が後ろに見えなくなった頃、エマが片手を出し、手のひらを上に向けた。そして手首を軽く動かすと、手のすぐ上に小さな火の玉が浮かんだ。ウェイターがお盆を運ぶように、火の玉が浮かぶ手を前に出して道を照らすと、ふたつの影が木々のなかへ伸びた。

「それ、すごい《クール》だねって言ったっけ？」ぼくは一秒ごとに気づまりになっていく沈黙を破ろうと、言ってみた。

「冷たい《クール》わけないでしょ」エマは火の玉を、熱が伝わってくるほどぼくに近づけた。

ぼくは思わずよけて、数歩後ずさる。

「いや、冷たいって意味じゃなくて——火が出せるなんてすごい《クール》ねってこと」

「あっそ。まともな言葉で話してくれなきゃ、わからない」エマはぴしゃりと言い返して、足を止めた。

　ぼくたちは慎重に距離を置いて向かい合った。「わたしを怖がる必要はないわ」

「へえ。けど、君が本当はぼくのことを悪い怪物だと思っていて、こうしてふたりきりになったのも、そのうちぼくを殺すためじゃないって、どうしてわかる？」

「バカ言わないで。会ったこともないのに、いきなりやってきて何よ？　わたしにだれだかわかるはずないじゃない。しかも、頭のおかしい人みたいに、わたしを追いかけてきた。警戒するのは、当然でしょ」

「はいはい、わかったよ」ぼくは言ったものの、本当は納得していなかった。

　エマは目を落とし、長靴の先で地面に小さい穴を掘り始めた。手の上で、炎の色がオレンジ色から冷たい藍色へ変わっていく。「さっきの話は嘘。あなたがだれかは、わかってた」エマはぼくを見上げた。「あなたは彼にそっくりだもの」

「ときどき言われる」

「会ったばかりでいろいろひどいことを言って、ごめんなさい。あなたの話を信じたくなかったの——彼の孫だっていう話。だって、それを信じてしまったら、あなたがここへ来た理由はひとつだから」

「いいよ。子どもの頃、ぼくは君たちみんなに会いたくてたまらなかった。それがついに実現したんだし……」ぼくは首をふった。「ただ、こんな形になってしまったのは残念だと思う」

　すると、エマが飛びついてきて、ぼくの首に両腕を回した。炎はぼくに触れる直前に消えていたが、炎を乗せていた部分は熱くなっている。暗闇で、ぼくと十代の姿をした老女は、しばらくそうして立っていた。このとてもきれいな女の子は、ぼくと同じ年齢だった祖父のことを愛していたのだ。ぼくにできることは、彼女を抱きしめることくらいだ。だから彼女に両腕を回した。少しのあいだ、ふたりとも泣いていたらしい。

暗闇でエマが深呼吸するのが聞こえた。やがて彼女は腕を離し、手の上にまた炎を出した。

「ごめんなさい。普段はこんなじゃないの……」

「気にしなくていいよ」

「行かなきゃ」

「さあ、案内して」

ぼくたちは心地よい静けさのなか、森を進んだ。沼地までやってくると、エマが「わたしが踏んだところだけを踏んできて」と言い、ぼくはそのとおりにした。彼女の足跡に自分の足を下ろしていく。遠くで沼から発生するガスが緑色の炎を上げて、まるでエマの炎に共感しているようだった。

石塚に着くと、首をすくめ、一列になってすり足で奥の空間へ入っていく。ふたたび外へ出ると、霧に包まれた世界が待っていた。エマは小道まで案内し、小道に着くとぼくの手に指をからませてぎゅっと握った。ぼくたちはしばらく何も言わずに立っていたが、やがてエマが背を向けて戻っていった。その姿はたちまち霧にのみこまれてしまい、ぼくは一瞬、彼女は最初からいなかったんじゃないかという気がした。

町へ引き返しながら、通りを荷馬車が走っているかもしれないと半分不安に思っていたが、発電機の低いうなりと窓の奥に見えるテレビの光に迎えられた。ぼくは無事に帰ってきたのだ。

カウンターにはまたケヴの姿があり、ぼくが入っていくと、挨拶するようにグラスをかかげた。パブにはぼくを痛めつけようとする客はだれもいない。すべてあるべき状態に戻ったようだ。

二階へ行くと、父さんが小さいテーブルでパソコンを前にして眠りこんでいた。ぼくがドアを閉めると、父さんははっと起き上がった。

「やあ！　おかえり！　遅かったじゃないか。まったく。今、何時だ？」

「知らない」ぼくは答えた。「九時前だと思う。発電機がまだ動いてるから」

父さんは伸びをして目をこすった。「今日は何をしていた？　夕食には帰ってくると思っていたんだが」

「あの古い建物をもう少し探検してきただけ」

「何か見つかったか？」

「ううん……あんまり」ぼくはそう答えながら、もう少し信じてもらえそうな作り話を考えればよかったと思った。

父さんはいぶかしげにこっちを見ている。「それはどこで手に入れたんだ？」

「何のこと？」

「その服」

ぼくは自分の恰好を見た。そういえば、ツイードのバギーパンツとサスペンダーをすっかり忘れていた。「あの孤児院で見つけたんだ」もっとましな答えを考える時間はなかった。「クールと思わない？」

父さんは顔をしかめた。「廃墟で見つけた服を着ているのか？　ジェイコブ、不衛生だぞ。それに、ジーンズとジャケットはどうした？」

話題を変えなくちゃ。「どろどろに汚れちゃって、それで……」ぼくは言葉をにごし、父さんのパソコン画面の原稿に気づいて言った。「あっ、それ、父さんの本？どう、進んでる？」

父さんはノートパソコンを勢いよく閉じた。「今話しているのは、父さんの本のことじゃない。大事なのは、おまえの治療だ。おまえがあの古い建物で何日もひとりですごすことが、本当にゴラン先生の目的だったのか、父さんにはわからない。先生がこの旅行を許可したのは、そういうことをさせるためだったのか」

「あっ、新記録だったのに」

「何が？」

「父さんがぼくの精神科医の話をしなかった期間の新記録」ぼくは腕時計を見るふりをする。「四日と五時間二十六分」ため息。「もっとつづいてほしかったのに」

「あの先生はずいぶんおまえの助けになっているんだな。先生に会っていなかったら、おまえは今頃どんな状態になっていたことか」

「うん、そのとおりだよ、父さん。ゴラン先生はすごく力になってくれた。けど、だからって、先生がぼくの人生を何から何までコントロールするわけじゃない。これじゃ、父さんと母さんまで〝ゴラン先生ならどうする？〟と刻まれたブレスレットを、ぼくにつけさせているようなものだってこと。ぼくは何かする前に、いつも自分にそう問いかけてる。トイレの前にも。ゴラン先生なら、どんなふうに用を足すべきだと言うだろう、って。便器の横にあてて外にそらせてやるか、それともまっすぐ真ん中を狙うべきか？　どれが心理学的にもっとも有益な用の足し方なのか、って」

父さんは数秒間黙っていたが、口を開いたときには低くしゃがれた声になっていて、こう言った。明日は、否が応でもおまえをバードウォッチングに同行させる。ぼくがそれはとんでもない間違いだと言い返すと、父さんは立ち上がって一階のパブへ行ってしまった。きっと飲みにいったんだろうと思い、ぼくはピエロのような服を着替えに自分の部屋へ行ったが、数分後に父さんがドアをノックした。ぼくに電話だという。

母さんだ。そう思って、ぼくはしぶしぶ父さんの後から階段を下り、パブの奥の隅にある電話ボックスへ向かった。父さんはぼくに受話器を渡すと、テーブル席へ行ってすわった。ぼくは電話ボックスのドアを閉めた。

「もしもし？」

「さっき、君のお父さんと話をしたが」男の声だ。「少々困っているようだった」

ゴラン医師だ。

ゴラン先生も父さんもクソ食らえ——ぼくはそう言ってやりたかったが、ここは機転が必要だ。ゴラン医師を怒らせたら、ぼくの旅行は終わってしまう。まだここを離れるわけにはいかない。あの奇妙な子どもたちのことを、もっともっと知りたい。ぼくは調子を合わせることにして、今までやってきたことを説明した。タイムループに住む子どもたちの話はもちろんはぶき、島にも祖父にも特別なことは何もなかったらしいと考え始めていることを匂わせた。まるで電話越しの短いカウンセリングのようだった。

「わたしが聞きたいことを言っているだけじゃないだろうね」ゴラン医師は言った。いつものセリフだ。「わたしがそっちへ行って君を診たほうがいいかもしれない。短い休暇なら取れるだろう。どうかね？」

どうか冗談ですように——ぼくは祈った。

「ぼくなら大丈夫ですよ、ほんとに」

「落ち着きなさい、ジェイコブ、ただの冗談だ。わたしが休暇を取れるかどうかは神のみぞ知る。何より、わたしは君を信用している。君は本当に元気そうだ。実際、ついさっき、君のお父さんにこう言ったところだ。おそらく、あなたにできる最善のことは、息子さんに考える時間を与えて自分で物事を解決させることでしょう」

「ほんとですか？」

「君は長いあいだ、わたしやご両親に見守られてきた。そういうことは、ある時点を過ぎると、逆効果になる」

「心から感謝します」

ゴラン医師はほかにも何か言ったが、ぼくにはよく聞き取れなかった。受話器の向こうがひどく騒がしい。「よく聞こえません」ぼくは言った。「ショッピングモールかどこかから、かけているんですか？」

「空港だよ」ゴラン医師は答えた。「妹を迎えにきたんだ。とにかく、わたしからのアドバイスは、楽しみたまえ、それだけだ。好きなだけ探検して、あまり思い悩まないこと。近いうちに会えるね？」

「ありがとうございます、ゴラン先生」

電話を切ると、さっき先生に心のなかで毒づいたことを後ろめたく感じた。実の両親が信じてくれないときにゴラン先生がぼくを応援してくれたのは、これで二度目だ。父さんは店の反対側で、ちびちびビールを飲んでいた。ぼくは二階へ行く途中、父さんのテーブルの横で足を止めた。「明日のことだけど……」

「好きなようにしろ、と言えばいいんだろ」

「ほんとにいいの？」

父さんは不機嫌に肩をすくめた。「医者の命令だ」

「夕食までには帰るよ。約束する」

父さんはただうなずいた。ぼくは父さんをパブに残し、部屋へ戻って寝ることにした。

ぼくは眠りに落ちながら、奇妙な子どもたちと、ミス・ペレグリンがぼくを紹介した後にみんなから真っ先に質問されたことをぼんやりと思い出した――ジェイコブはあたしたちとここで暮らすの？　あのときは、そんなわけないだろうと思った。けど、なぜ？　もしこのまま家に帰らなかったら、ぼくは何を恋しく思うだろう？　冷たい洞窟のような家、友だちのいないいやな思い出ばかりの町、用意されたどこまでも平凡な人生。あそこで暮らすのを断る理由は、何ひとつ思い浮かばなかった。


（下巻へつづく）

# ミス・ペレグリンと奇妙なこどもたち〈上〉

潮文庫　ラ－1

2016年　12月20日　初版発行

著　者　ランサム・リグズ
訳　者　金原瑞人、大谷真弓
発行者　南　晋三
発行所　株式会社潮出版社
〒102-8110
東京都千代田区一番町6　一番町SQUARE
電　話　03-3230-0781（編集）
03-3230-0741（営業）
振替口座　00150-5-61090
印刷・製本　中央精版印刷株式会社
デザイン　多田和博


ISBN978-4-267-02072-8 C0193